"Nada y al!

Dulce Sincronía

Para Mileska
con Amor !
Claudia

Claudia Zamora

11/11/12
Pilot Murutania

ISBN: 10-1478358394

ISBN-13:978-1478358398

En amor y libertad, dedico este libro a mi amado esposo Hubert y a aquellos soldados que se ausentan de sus hogares, lejos de sus familiares y seres queridos con la misión de defender nuestro país.

"La vida es hermosa,

Vivirla no es una casualidad".

Albert Einstein

Dulce Sincronía

Índice

Sopla el Viento

Carolina del Norte, EEUU

El 27 de agosto había caído en día sábado.

Un sábado muy parecido al anterior, con el mismo paisaje de todos los días, el mismo cielo azul sin nombre, húmedo del Atlántico, que nos traía noticias de cuanto sucedía al otro lado, a la salida del sol.

Las nubes eran las nubes del día anterior, las mismas nubes huérfanas que son empujadas por la brisa; los mismos árboles que nunca conseguirá arrancar el viento, firmes, silenciosos, con la savia templada de otros huracanes y de otras tórridas tormentas.

Una dirección del viento, de las circunstancias, del destino o de la casualidad, siempre marca nuestro rumbo.

Sea hacia al Norte, sea al Sur; la misma engendra un impulso irresistible que acomoda nuestras vidas, en alineación con las fuerzas del azar y nuestra eventual designación terrestre.

En este caso, el Este había engullido el destino de la familia López.

¿Cuál es el mensaje que la Providencia enuncia con sus fuertes vientos? - Se preguntaba Amanda López, mientras miraba el cielo de Simpson Village; una pequeña población de escasos doscientos habitantes, a unas 150 millas de la costa atlántica.

- No pasará nada!, se decía una y otra vez, intentando atisbar algo diferente, en los filamentos blancos de las nubes más lejanas.

¿Qué podía saber ella?

Absolutamente nada.

Era una recién llegada a estas tierras y nadie le había hablado jamás de huracanes en Simpson Village.

Esta sería la primera vez que podría presenciar un huracán en vivo y en directo. Y no sentía ningún placer por sobrevivir una nueva temporada de tormentas tropicales.

Dulce Sincronía

Ella no había nacido para vivir la vida en lugares donde Dios traza una línea con los vientos.

Amanda López, era una mujer positiva y valiente, pero por sobre todo, tenía mucha fe y amor en su corazón.

Desde pequeña había aprendido a comunicarse con el lenguaje de la naturaleza.

Su abuela Cecilia, le había enseñado a mirar y observar el mundo con otros ojos.

Con los ojos del amor hacia todo lo creado.

Doña Cecilia, que escondía su cabello gris canoso con pañuelos de vivos colores, había sabido aprovechar su vida, acumulando una serie de grandes conocimientos; que transmitía con cariño a algunos de sus descendientes.

No creía en dogmas ni doctrinas; pero apreciaba la obra del buen Dios manifestada en todo cuanto la rodeaba y a menudo, se conectaba con sus guías espirituales, con un profundo sentimiento de respeto hacia los animales y seres vivos.

Había heredado de su madre, el don de curar con plantas y hierbas medicinales y muchos en su comarca la llamaban 'curandera' porque arreglaba milagrosamente esguinces, torceduras y huesos rotos, además de curar el empacho y el temido mal de ojos.

A pesar de la pérfida fama que la escoltaba, como suele ocurrir en los pequeños pueblos; Doña Cecilia poseía un mundo personal muy auténtico con sus valores, los cuales transmitía con su nobleza ante la vida.

Insistía en que para poder hacer "la paz" había que tenerla interiormente y cultivarla cada día con el santo ceremonial de agradecimiento a la bendita tierra que pisamos.

Abuela Checha, como solía llamarla Amanda cariñosamente, le había enseñado el arte de meditar y de escuchar el sonido del silencio, como así también, comulgar con los genios del universo mediante ciertas invocaciones mágicas.

Amanda había crecido observando estos extraordinarios rituales, que doña Cecilia denominaba "energéticos" y que reforzaban aquella profunda fe que la guiaba, y tenía por costumbre, sin importar el sitio donde se encontrase, agradecer cada día, por todo cuanto tiene vida en la tierra.

Desde los coloridos y fuertes robles, que enmarcan el lote de su casa, las inanimadas piedras que conservan el espíritu del tiempo en sus entrañas, como así también la vida de las mujeres y hombres que habitan nuestro fértil planeta.

Todo parecía estar tranquilo, a pesar de que la vibración en su calle, se sentía diferente; un síntoma que Amanda percibía desde hacía un par de días, y que la llevaba a estar más pendiente y conectada con sus percepciones.

Dulce Sincronía

Cerró sus cándidos ojos, y respiró profundamente, cargando sus pulmones y exhalando nuevamente, en el intento de sentir el pulso de la coyuntura inmediata.

Recordó que una vez, cuando tenía alrededor de once años, la abuela le había enseñado, 'casualmente' a hacer un ritual para los vientos.

De pronto, su rostro se iluminó con fe, y su piel se estremeció sintiendo también la presencia de Abu Checha cerquita de ella, guiándola.

Pasaron veintiocho años y miles de kilómetros de distancia, desde aquel ritual mágico en casa de Doña Cecilia.

Ahora, con sus dedos, apoyados sobre la tierra, en este pequeño pueblo de Carolina del Norte, Amanda dibujaba un enorme círculo blanco dividido en cuatro partes de azúcar, simbolizando las cuatro esquinas del mundo.

Con magistral ritmo sacro, en su centro, colocaba una velita, representando los cuatro puntos cardinales asociados con las fuerzas de la naturaleza.

Blanco hacia el Norte, codificando la sabiduría y purificación del espíritu.

Amarillo hacia el Sur, lugar de vida y florecimiento de las semillas de expansión de luz.

El Azul hacia el Oeste, donde todo se transforma y renace, y por fin, la vela Roja hacia el Este, representando nuestras emociones y pasiones y por donde la tierra recibiría la sacudida de los vientos más fuertes, ahora de la mano de un huracán bautizado con nombre de mujer: "Irene".

Una vez armado el círculo de poder, encendería cada uno de los fuegos en las cuatro direcciones, y en voz alta y resonante, elevaría sus peticiones al cielo y a sus ángeles auxiliadores:

"Que la Tierra resista en perfecto equilibrio, la fuerza de los vientos. Que Dios, los ángeles y los espíritus guías, nos protejan.

Que así sea!".

Dio por finalizado su ritual mágico, que la había sumergido en la atemporalidad del espacio exterior y con su mirada humedecida de emoción, miró hacia el cielo, el movimiento rápido de las nubes, y delicadamente suspiró con confianza renovada y su alma serena.

Las ramas de los arces se columpiaban incesantemente y el aire que venía viajando desde el Atlántico, traía bocanadas saladas cargadas de misterio y de mar.

Cerró las puertas y ventanas del patio y encendió el televisor.

Greg Fishel, comentarista meteorológico, de la cadena de televisión local WRAL, comentaba con voz honda y penetrante:

"En la región metropolitana de Washington como en la Costa Este, comenzaron las preparaciones. El posible paso del huracán Irene, podría causar inundaciones y cortes de energía eléctrica. El gobierno aconseja a la población tomar los recaudos necesarios para surtirse de alimentos de primera necesidad, agua, comida enlatada, linternas con baterías y velas, así también, como llenar los tanques de los automóviles con gasolina y tener dinero en efectivo suficiente para al menos unos cuantos días." –

También explicaba el funcionamiento del sistema de emergencias 'weather call', que monitorea permanentemente el paso de las tormentas y avisa telefónicamente, a los residentes que se encuentran viviendo en la 'línea de fuego' – como ellos le llaman, o sobre el peligro.

Siendo casi todo el Este, una zona afectada regularmente por tornados y fuertes tempestades, este sistema de pre-aviso de desastres, había demostrado ser muy eficaz.

Pero a pesar de ello, ¿funcionaría este sistema en casa de los López?

Amanda confiaba en los métodos americanos, pero sabía que no era suficiente amparo.

Subió al ático en la parte superior de la casa, y despacito observó cada viga de la estructura de madera.

¿Resistirían la fuerza implacable de Irene?

Michelle Brown, que vivía dos casas, calle arriba; alarmada, revisaba presurosa un par de linternas, asegurándose que ambas tuviesen baterías nuevas y funcionasen correctamente.

Michelle tenía una voz preciosa y soñaba con ser cantante algún día. Lamentablemente, había suspendido aquellos sueños de manera abrupta e inesperada al perder a sus padres en un fatal accidente automovilístico, del cual su hija, Katie de ocho años, se había salvado milagrosamente. La vida le había enseñado a ser fuerte ante la adversidad, pero aun así, estaba asustada por lo que este huracán podría traer entre manos.

Luego que su esposo se marchase, hacía ya un par de meses, ella y Amanda solían conversar por las tardes, mientras sus hijas andaban en bicicleta por la cuadra o hacían juntas las tareas de la escuela.

Ahora sentada en el escalón de la entrada de la casa de los López, con voz entrecortada reflexionaba con tristeza:

-Como nuestras vidas pueden cambiar vertiginosamente y sin previo aviso, en un abrir y cerrar de ojos! –

-Ya lo creo Michelle! A veces el destino nos da vuelta como una tortilla – Amanda le decía, mientas Carol Baker, su vecina de enfrente, a golpe de martillo, intentaba clavar unas maderas que sirvieran de protección adicional a sus ventanas.

Tanto Carol como Michelle, habían acordado con Amanda, mantenerse informadas de todo movimiento en caso de sufrir la interrupción del servicio eléctrico.

Incluso se habían puesto de acuerdo en que llegado el caso que Irene se convirtiera en un huracán de categoría 3 o superior, todos se resguardarían en casa de Amanda, que era una de las pocas casas del barrio que contaba con un sótano.

Intuitivamente, y por casualidad, cuando los López compraron aquella propiedad, les resultó atractivo el hecho que contase con un sótano adicional, que además de estar debajo la estructura de la casa, estaba construido con concreto macizo y podría eventualmente servir de refugio.

Hasta ese momento, Amanda López gozaba de vivir una vida en armonía y tranquilidad.

Su mundo giraba en torno al cuidado de sus pequeñas hijas, las fragantes y coloridas flores de su jardín y sus curiosas mascotas.

Disfrutaba la sencillez de vivir en una ciudad pequeña cercana a la Costa Este de los Estados Unidos.

La mayor parte del tiempo, lo utilizaba, escribiendo emails y cartas amorosas a su esposo Ramiro, quien era soldado y ahora estaba cumpliendo servicios militares en Medio Oriente; también, detallando fragmentos de su vida cotidiana, y tomando apuntes en su libro diario, ahora en forma de documento digital en su computadora.

Luego de vivir en Europa algunos años, había llegado el momento de por fin, consolidar un domicilio fijo donde educar a sus dos niñas, Victoria y Emily, ambas cursando los primeros años de la escuela primaria.

Carolina del Norte, parecía tener las cualidades pertinentes para establecer una familia y gozar de una vida buena y pacífica.

Lejos de los ruidos bulliciosos y calles malolientes de barrios urbanos; este sitio gozaba de bellos y verdes bosques, ríos cristalinos y prestigiosas escuelas donde educar a las niñas. Siempre y cuando no hubiese amenaza de huracanes, como en este caso. Imprevisto, que puso en tela de juicio la seguridad de Simpson Village y la de la propia vida de Amanda, que ahora se encontraba sola con sus pequeñas, ante la posibilidad de perderlo todo con un solo soplo de viento huracanado.

A pesar del corto tiempo que vivían en este lugar, ella y las niñas, habían creado lazos de amistad con la mayoría de sus vecinas, que también casualmente, por hache o por be, se encontraban sin la compañía de sus esposos.

Por las tardes, a veces se reunían las mujeres de la cuadra, a tomar té en casa de Martha Sullivan; que tenía cinco niños en escalera y estaba estudiando para Chef en Le Cordon Bleu; por lo que, habitualmente, los deleitaba con sus decorados y apetitosos pastelitos.

Aquella mañana, se había cruzado con Martha, que afligida y apurada, daba marcha atrás con su camioneta Explorer llena de niños, y le había comentado que pensaba manejar a casa de sus padres y que sentía mucho miedo por el huracán.

Dulce Sincronía

Le dejó el número telefónico donde se encontraría, por si acaso, hacía falta, y se despidió con un apretado abrazo, suplicándole a Amanda, que por favor estuviera pendiente de 'Tyson', un veterano Bullmastiff que custodiaba vigilante su casona enrejada.

La alcaldesa, Beverly Perdue, había hecho su aparición en el canal de noticias, alertando a la población, a evacuar las zonas costeras, inmediatamente, y previniendo también, que por el tamaño y la fuerza del huracán "Irene", sería el evento más importante, quizás en los últimos veinte años desde un sistema tropical, que merecería toda la atención juiciosa de los habitantes de esa nación.

Amanda, presurosa, cerró todas las ventanas y se aseguró que no quedasen fuera maceteros y elementos que pudieran transformarse en nocivos proyectiles en caso de ser soplados por los fuertes ventarrones.

Junto con Victoria, su hija mayor, aprovechó para hacer un corto video clip dedicado a su familia.

Quizás para calmar sus propias ansiedades o como legado prematuro obituario, que ante el lacerante enigma de lo fortuito, nos deja servilmente, su recuerdo.

Con la lente de la cámara, enfocada en el fondo de la calle, les mostraba el movimiento ondulante de los árboles y el silbido del viento que apenas dejaba oír su voz.

Concluyó brevemente, diciéndoles que todos estarían bien, que no se alarmasen con las noticias y que, por sobre todo, tengan mucha fe y elevasen sus plegarias al cielo, implorando la protección divina.

La positividad de aquellas palabras, parecían haber tranquilizado los corazones de aquellas mujeres, que expectantes veían pasar los minutos como una caravana de gitanos en medio de una tormenta del desierto.

Ya comenzaban a sentirse las ráfagas de viento húmedo, volando algunos adornos del patio.

Las campanitas tibetanas colgadas debajo del alero del porche, habían quedado desparramadas en el centro del terreno.

La pequeña Emily seguía mirando por la ventana con sus vivaces ojitos puestos en la calle.

Estaba preocupada que su gato no regresaba. Hacía rato que estaban llamándolo pero este había cruzado la calle del otro lado y no se lo veía.

-Mami por favor, busquemos a Wiskas, te lo suplico! –

-No te preocupes Emily, Wiskas vendrá pronto. No le sucederá nada! -

-Seguramente Wiskas anda de paseo en casa de los vecinos – la levantó a upa, y la abrazó tranquilizándola.

Wiskas era un gato pardo muy juguetón, que había llegado por casualidad al barrio y que los López adoptaron con mucho cariño; especialmente Emily, que además de jugar con él, disfrutaba de tenerlo acurrucadito encima de sus pies por las noches.

Todos en la cuadra, lo conocían y cuando andaba merodeando por ahí, algún vecino lo acercaba a su casa.

Esta vez, comenzaba a preocuparles que no se lo viera por ningún sitio, o se escuchara el cencerro que llevaba colgado en su collar.

Los vientos ahora se desplegaban a más de 130 millas por hora.

Toda una nación subyacía expectante frente al televisor, siguiendo la guía meteorológica que iba indicando el paso del huracán Irene con lujo de detalles.

Según el canal de noticias CNN, unos 65 millones de personas podrían verse afectados por el huracán que el mismo presidente Barack Obama calificó de 'histórico y trascendental'.

La Guardia Nacional, como los servicios de emergencia de FEMA, estaban preparados con más de doscientos mil miembros voluntarios, para hacer frente a la catástrofe en caso de una inminente emergencia.

Los aeropuertos de las ciudades aledañas a la costa, como así también los de rutas internacionales, fueron clausurados como medidas preventivas. Y más de siete mil pacientes fueron retirados de los hospitales de la ciudad ubicados en las áreas más vulnerables. Se esperaban al menos unas 6 o 7 horas de fuertes ráfagas y tormentas eléctricas efectivas en el área.

Ante ese panorama de inseguridad y descontrol, Amanda trató de conservar compostura, al tiempo que se preparaba para abordar esta situación tan estresante, con valentía y compromiso.

No era la primera vez que la vida la enfrentaba ante una gran prueba. La diferencia consistía en que esta vez tenía dos pequeñas en su regazo que dependían de su cuidado y voluntad.

Con sus cabellos pelirrojos, llovidos sobre sus hombros y sus pestañas boscosas, trataba de disimular su preocupación, fingiendo una trémula sonrisa y entreteniendo su día como si este fuera un día común y corriente.

Un sábado más, sin agendas programadas.

No obstante eso, sus niñas estaban atemorizadas y con los ojos fijos en la pantalla del televisor, tratando de averiguar el paso preciso de Irene.

Especialmente Victoria, que en la escuela, ya le habían enseñado a interpretar el servicio meteorológico.

Según iban cambiando los colores de las franjas que mostraban en el mapa, apoyaba su dedito índice sobre la pantalla, tratando de medir la distancia de la temible flecha roja serpenteante, que representaba el ojo de Irene, hasta Simpson Village.

Dulce Sincronía

-Tal vez sea mejor apagar la tele por un rato Vicky; deberíamos escuchar música!- sugirió Amanda, con voz alegre, disimulando su desasosiego, y queriendo distraer el ánimo de sus pequeñas.

Victoria, buscó entre sus CDs, alguno que las distrajere, mientras llamaba a su hermanita.

-Ven aquí Emily! Ayúdame a encontrar el CD del cuento de Aladino-

-¿Otra vez?...Ese cuento ya lo conocemos!, yo no quiero ese cuento! – se negaba la pequeña Emily haciendo pucheros con sus labios.

Las niñas eran muy obedientes, pero en casos como este, sólo querían estar abrazadas a su mamá.

El pecho calentito de Amanda, era el único sitio seguro para ellas en este amenazante día gris.

Amanda, muy operativa, ya tenía organizado su plan de emergencia, e incluso había preparado unos emails para su esposo, avisándole que tal vez no tuviesen energía eléctrica por los próximos días.

No era su costumbre preocuparlo. Comprendía que Ramiro no se concentraría en su trabajo sabiendo que Amanda estuviera en problemas. Máxime que fuera algo que escapase a su control y que a la distancia le fuera imposible resolver.

Ramiro era un hombre prevenido y calculador. No le gustaban las sorpresas y mucho menos, si estas fuesen de carácter incontrolable.

Tenía adoración por sus tres mujeres y no veía la hora de que los gobiernos pusieran fin a las incongruentes guerras y pudiera regresar pronto a su casa para acompañarlas.

Amanda sabía que estando tan lejos de su hogar, se sentiría impotente y distraído y en medio de una batalla, no es bueno preocupar a un soldado.

Debería ser fuerte y tratar de sobrellevar este incidente con calma.

La compañía de sus hijas y sus vecinas, en cierto modo, la tranquilizaba y sentía que también sus espíritus auxiliadores la protegerían; no obstante ello, la situación era compleja para cualquier persona, más allá de sus creencias, de su nacionalidad o del color de su piel, todos eran efímeras partículas de luz en la inmensidad del universo.

Partículas que fácilmente podían ser arrastradas por los fuertes vientos.

Y aun contando con la fortaleza de un sótano de cemento, lo cierto es que ningún lugar es seguro ante la bravura de un huracán.

Se sentía fragilidad en el ambiente.

Dulce Sincronía

Conmoción por los acontecimientos que de repente, los enfrentaban ante situaciones inesperadas y que los representaban vulnerables, llevándolos a recapacitar su racional huella por la vida de manera incorpórea.

Mientras Amanda preparaba un pastel de chocolate, y observando la fuerza con la cual se mecían los árboles en el fondo del terreno de su casa, se remontaba en tiempo y espacio a observar su trayectoria vital, en los últimos diez años de su vida.

Envuelta en su pañoleta de seda azul, se metía en el interior de los dobladillos de los recuerdos, y como quien mira a través de la lente de un caleidoscopio, comenzaba a avizorar pequeños fragmentos que se amalgamaban en situaciones y personajes que habían armado su vida actual en forma pletórica y sincrónica.

Reflexionaba en las 'casualidades' de algunos acontecimientos de su vida y cómo estos habían influido aún en este presente inverosímil, ahora salpicado con los temores del huracán Irene.

A lo largo de ese recorrido interior por las páginas de su propia vida, Amanda desnudaba su alma buena, hilvanando el colorido rompecabezas de su casual destino.

Transportada mentalmente en su 'Tardis veloz', como carroza del tiempo y el espacio, recapitulaba su llegada a ese país.

América! América! ...

Cuando Dios hizo el Edén...

Pensó en América!

Tarareaba con voz aguda, recordando una vieja canción que cantaba Nino Bravo.

La Ciudad Mágica

Julia Tuttle, una empresaria dedicada a la siembra de naranjas, fue la primer mujer que fundó una de las ciudades más grandes de los Estados Unidos: Miami: "La Ciudad Mágica", como se le decía en aquella época, hacia finales del 1800.

Luego de una tremenda helada que acechó las cosechas frutales durante 1894-96; Julia persuadió a su esposo, Henry Flagler, un poderoso empresario del transporte de la Costa Este de la Florida, a que incorporaran esta ciudad a la región.

Fue así que en 1896, con sólo trescientos habitantes, Miami resaltaba en los primeros mapas, como una ciudad promisoria de prosperidad y desarrollo.

Con sus características palmeras caribeñas, daba la bienvenida a inversores europeos, que tenían tanta sed de dinero como de sol y de mar.

Su ancho puerto albergó los más grandes transatlánticos que venían de todos lados del globo terráqueo y rápidamente floreció su expansión multicultural, financiera y diversa.

Evidentemente, la intuición de esta gran visionaria nativa de Cleveland, fue totalmente acertada, y hoy en día, Miami está aún en su apogeo económico y es uno de los centros comerciales más prestigioso de América y su puerto, número uno en el ranking, aloja más cruceros de línea de pasajeros del mundo.

En aquel entonces, Amanda Paz era una joven y carismática ejecutiva, que trabajaba para una importante firma de consultoría educativa con su sede central en Buenos Aires.

El puesto demandaba presencia internacional, por lo que solía viajar frecuentemente. Si bien Amanda había visitado la Florida muchas veces, siempre lo había hecho en calidad de turista y jamás pasó por su mente, en aquel entonces, la idea de abrazar esta ciudad en forma definitiva.

Casi todos los vuelos que tomaba por motivos de trabajo, hacían su escala obligada en Miami, lo cual le permitía muchas veces aprovechar y pasar un par de días, tirada panza arriba al sol, descansando la mente y admirando el maravilloso color turquesa de sus costas.

Cerrando sus ojos aún podía escuchar el ruido de las gaviotas que revoloteaban bulliciosas a su alrededor.

Mientras tomaba un mojito con sabor a menta fresca, escuchando la voz de Celia Cruz invitándola a bailar salsa con su característico "Azúcar" al mejor estilo cubano. Sentía el calor de la arena debajo de sus pies y el olor infaltable del Coppertone SPF 4 sobre su nariz.

Miami era siempre: color, sabor, música, son, en sus recuerdos que la acompañaban de regreso a Buenos Aires como un amuleto de buena suerte; especialmente cuando salía del aeropuerto de Ezeiza y todo lo que la rodeaba se veía gris, opaco, sin brillo alguno.

Recordar vívidamente la travesía por la Ciudad Mágica, la hacía más permeable a la crisis que reinaba en ese momento en Argentina.

Para entonces, corría el año 2001 y Fernando De la Rúa ya no podía sostener su gobierno.

Las constantes revueltas gremialistas y el pueblo ávido de respuestas a su problemática cotidiana, generó gran inestabilidad social y la catarsis fue sentida en todos los rubros.

La torre se derrumbaba sin clemencia y como tantos otros argentinos, Amanda también perdió su trabajo y las calles de su ciudad, cada día eran más inseguras y oscuras.

Ahora ese recreo mental con imágenes de una ciudad soñada, se abría como una gran puerta de esperanza y expectativa ante sus ojos.

Miami podría llegar a ser un puerto más seguro donde anclar su barca con mejor porvenir.

La resolución a semejante propuesta, no demoró en concretarse y con muy pocos preparativos, casi en un abracadabra, alzó velas a babor rumbo al Caribe Pirata.

Miami significa "agua dulce", así bautizaron los indígenas que habitaban la zona del lago Okeechobee, al río que corría desde los Everglades hasta la Bahía Vizcaína y del cual proviene su origen.

Antiguamente la ciudad fue visitada por los españoles, quienes intentaron colonizar la región, pero luego de congruentes luchas políticas, desistieron en su afán, marchándose de allí.

Aún hoy, en medio de modernos rascacielos, se pueden ver restos de algunas edificaciones jesuitas y el clásico estilo español en sus edificios y fachadas que dan un característico sabor latino a sus calles.

Cuentan algunas leyendas, que cuando el conquistador español Juan Ponce de León descubrió la Florida, además de conquistar vastos territorios, este iba en busca de la "fuente de la juventud"; una fuente de agua con propiedades curativas y portadora de la inmortalidad.

Si bien, este noble no llegó a descubrirla; Miami se actualiza y hoy en día es cuna de prestigiosos institutos de salud y spas que promocionan la añorada y eterna juventud.

Con sus playas arqueadas y arenas blancas, la Ciudad Mágica la recibió feliz.

Una luna redonda, brillante y plateada abrió sus brazos y le dio la bienvenida a este nuevo territorio que ya no tendría el fulgor de los sueños, sino el ritmo de un presente insospechado.

Gamila, una egipcia de ojitos azules brillantes y buenos modales, criada en Beverly Hills y casada con Fabio, su amigo del alma, quien había inmigrado hacia un par de años ya, fue la anfitriona perfecta de esa exclusiva ocasión.

Mientras entusiasmada, le daba un caluroso tour mostrándole los lugares más destacados de la ciudad, aprovechaban para buscar algún vehículo que le sirviera de transporte.

Pues, en esta ciudad, el sistema de colectivos, si bien es ordenado, no así muy frecuente.

Habían visitado cantidad de 'dealers', como le dicen a las agencias automotrices, y dentro del mercado del usado, nada encajaba dentro de su apretado presupuesto.

De pronto, se detuvieron en una de las agencias que promocionaban automóviles en oferta; había captado su atención un Mazda, cupé, negro, con vidrios polarizados que parecía hasta sonreírle en ese momento.

Como cábala, su nombre le recordaba a las antiguas leyendas del profeta asirio Zaratustra, intermediario de Sabiduría, Inteligencia y Armonía.

-No creo que mi presupuesto alcance para este! -le decía a Gamila, mientras se cubría del sol con una mano, queriendo revisar el interior del vehículo, que con los vidrios oscuros apenas se dejaba ver. No tenía ningún cartel con el valor, ni se mencionaba detalle, ni condiciones de venta.

Entraron curiosas a preguntar el precio del vehículo.

-Interesante! – comentó Amanda, levantando una ceja y mirando a su amiga en complicidad.

Si bien este se acercaba más a su presupuesto; el dinero que entonces llevaba encima no alcanzaba a cubrir el total del valor.

Amanda llevaba colgado en su muñeca, un reloj Baume & Mercier de plata, que valía prácticamente el valor de aquel vehículo.

Con desprendimiento desenfadado, le propuso entonces al dueño, -que la miraba con cara de oportunista acrisolado,- tomarlo como parte de pago del Mazda. Claro está que lo tomaría solo en un cincuenta por ciento del total.

Dulce Sincronía

Aunque a Amanda, tal arreglo no le parecía muy justo, de todos modos, súbitamente aceptó el intercambio, pues al fin y al cabo, le servirían mucho más estas cuatro ruedas, que su menoscabada y casi perdida vanidad.

Salió de allí, con su corazón polifónico de alegría, montada en su nuevo corcel automotriz.

Definitivamente la "magia" se revelaba a cada paso en esta ciudad que la abrazaba y le extendía sus generosas y buenas manos.

Mientras firmaban los papeles de transferencia, compartió con aquel dealer, que se encontraba recién llegada a este país y aún no tenía trabajo.

Casualmente, una información, que a este señor con rostro vampírico y sonrisa fúnebre, pareció llamarle la atención.

-¿Habla usted inglés? – le preguntó, mientras de brazos cruzados, la observaba de pies a cabeza.

-Yes! I do... Respondió Amanda, de prisa y con una sonrisa conquistadora.

-Pues fíjese usted, que casualmente, un primo mío, me comentó estos días, que andaba en busca de una secretaria bilingüe para su empresa.

-Aquí tiene su tarjeta; llámelo, quién sabe?! En una de esas, le ofrece trabajo...

Y le extendió su número de teléfono: "Henry García - Bróker de Negocios" – se leía en letras doradas.

Bingo!

Es cierto que el universo conspira con nuestra voluntad, de maneras insospechadas.

Amanda sentía, que sin mucho esfuerzo, las puertas de esta ciudad se abrían a su paso; era como si le llovieran rosas del cielo.

Con vibrante alegría y sin GPS, tomó el volante y entregada a su antojo, arremetió en conquista por la US1 bordeando la playa.

Un paseo fantástico que la acercaría al mismo centro de la ciudad.

Con sus ojos atentos al cívico paisaje urbano, observó el majestuoso cartel del American Airlines Arena, que en letras de neón iluminaba: "Ricardo Arjona en Concierto".

-"Vaya casualidad! ...y con lo que me gusta!" –suspiró.

Aunque no contaba con mucho dinero, sintió que regalarse ese concierto podría ser omen de un buen comienzo en este nuevo lugar.

Tantas veces había soñado con asistir a uno de sus conciertos y ahora, sin buscarla, la oportunidad estaba allí presente, escribiendo la música de su corazón, con nuevas partituras.

Era ya casi la hora del show, Amanda, apuró su paso de regreso a su casa; tomó una ducha apurada y sin pensarlo demasiado, se vistió y dirigió rápidamente al evento.

Por sus venas corrían micro-células de entusiasmo y fantasía, que la hacían volar como Wendy de la mano de Peter Pan hacia el país de Nunca Jamás.

Con fervor, se acercó a comprar el boleto de entrada, mientras un muchacho de gruesos bigotes negros, del otro lado de la ventanilla, con su mano le indicaba, que el espectáculo estaba todo agotado.

Por un instante se desanimó.

Pero en ese momento, y por las casualidades de la vida, se acercó un señor, salido no sabemos, de qué galaxia, y le vendió el ticket más increíblemente acomodado: Fl3 row 03.

Aún Amanda lo conserva pegado en una vieja agenda, como suvenir de un momento muy especial.

El show fue increíble. Logró transportarla completamente a dimensiones intersiderales.

Estaba sola en una ciudad extraña y sin embargo se sentía feliz y tranquila.

Observaba todo en cuanto la rodeaba con ojos tridimensionales expectantes ante lo inesperado.

La gente se veía impecable. Rostros jóvenes, pieles doradas por el sol.

Las mujeres de cabellos lustrosos, exhibían sus curvas y escotes con toda autoridad, más los hombres, musculosos y delicadamente perfumados, no advertían su impronta sugerencia.

No obstante esa extraña conexión, se veían felices y apacibles.

El Edén parecía tener su sede central en Miami.

En todos los rincones se respiraba perfección.

-¿Será el efecto de las aguas dulces que buscaba con afán Don Juan Ponce de León? – se preguntaba.

–Tal vez, como el mítico Santo Grial, el cáliz de la eterna juventud, vehementemente buscado, se halle escondido en las pupilas de los habitantes de esta paradisíaca ciudad.-

El espectáculo de belleza insuperable que la cercaba, hechizó su mente. Y la voz de Arjona, con sus baladas románticas y poesía tonada, la embriagó fulgurante, aquella noche de luna llena.

Ahora ella también se sentía pirata y el espíritu de Jack Sparrow, enardecía sus nuevas aventuras en el Caribe Atlántico.

Dulce Sincronía

En el Infierno de "La Divina Comedia" de Dante Alighieri, mientras el fuego devoraba a Ulises atrapado por la misma flama junto a Diomedes, observamos la virtud de una "buena estrella" que lo guiaba.

La misma "buena estrella" que guió por el camino de Belén, a Gaspar, Melchor y Baltasar en el mágico encuentro con el niño Jesús.

Tal vez la misma "buena estrella" que iluminaba su camino y la acompañaba en este nuevo tramo forastero de su vida.

Unos días antes de partir de Buenos Aires, un sueño recurrente solía despertarla en medio de la noche:

-Se veía caminando en dirección hacia un precipicio; su paso era seguro y resuelto, era tan real aquel sueño, que hasta podía sentir el viento meciendo sus cabellos al caminar. Le inundaba una insolente sensación de libertad y deprisa se acercaba hacia la orilla. Miraba con ojos sólidos la inmensidad del vacío; todo se veía lóbrego. Luego, la escrutaba un impulso irrefrenable y con hipnótica resolución, se lanzaba al vacío. En ese preciso instante, unas manos colosales, sujetaban su caída. Alarmada Amanda despertaba.-

Al despertar, se preguntaba si acaso, estaría realmente esa mano protectora, amortiguando su salto.

Desde su llegada a esta ciudad, tenía la sensación de que los ángeles la acompañaban y que su buena estrella la guiaba a cada paso.

Con la ayuda de su amiga Gamila, no se demoró en conseguir un lindo apartamento y por fin se sentía instalada en este nuevo sitio.

Recordó que el dealer de la agencia de autos, le había dado el número telefónico de su primo, y que este le había comentado, que tal vez podría ofrecerle un empleo.

Lo llamó, concertó cita y luego de una amable entrevista, el puesto era suyo y ese mismo día lunes tendría que estar en flamantes oficinas de una agencia inmobiliaria.

Para ese entonces, el mercado inmobiliario de la Florida, estaba en vertiginosa expansión. Muchos inversores habían fondeado sus bases de desarrollo en estas áreas, construyendo así comunidades enteras de urbanidad. Mega shopping centers, donde la gente no tuviera que trasladarse grandes distancias y pudiera interactuar en forma amigable con su entorno, y donde se ofrecen servicios que los habitantes de la comuna o los que transitan por la zona, requieren en forma más cotidiana, como lo son los bancos, farmacias, correos, veterinarias, restaurants, peluquerías y mini mercados.

Una vez consolidado estratégicamente estas mega tiendas, procedían a edificar en forma organizada, barrios privados, incluyendo todas las 'ammenities'; fabulosas piscinas, canchas de golf, canchas de tenis, parques para niños y bibliotecas entre otras cosas, para captar la atención de los nuevos residentes.

Esto provocó un auge de compra de propiedades imparable, ya que las propiedades, una vez consolidadas, adquirían un valor agregado de hasta más de un 30 por ciento y generaban ingresos rápidos a sus compradores.

Asimismo, los bancos, aprovechando el entusiasmo de los inversionistas, abrieron líneas de crédito fáciles para nuevos dueños con intereses ajustados que posibilitaban la compra de estas tentadoras oportunidades inmobiliarias.

La tarea de Amanda, en este nuevo empleo, sería justamente la de procesar dichos préstamos hipotecarios con los bancos.

Tarea que nunca antes, había realizado, y que representaba un desafío a conquistar.

Pero el ambiente era amistoso, y el salario era muy bueno como para rechazarlo. Con lo cual aceptó el oportuno reto.

Amanda era una muchacha trabajadora y le encantaban los desafíos. Era su manera de saciar esa sed de conocimientos que llevaba siempre encendida como una lamparita.

Luego de una semana de exhaustivo entrenamiento, y de leer gruesos manuales del mercado bursátil e inmobiliario, ya se sentía en condiciones de abordar la nueva tarea y muy cómoda y perteneciente a esta ciudad.

Con tantas cosas para acomodar y su atención enfocada en su establecimiento y progreso, no había podido saludar las soñadas playas solares; y su piel estaba pálida y desentonaba con el casi escultural ambiente que la rodeaba.

Para afianzarse más en esa idiosincrasia y dejar atrás su look de turista sorprendida, sentía que tenía que hacer un pequeño up-grade a su imagen personal.

Con la ayuda y compañía de su amiga Gamila, recorrió algunas tiendas que tenían promociones y consiguió un traje de hilo entallado finísimo.

Ahora solamente le faltaba un toque de estilo a su larga melena.

Sin muchas indagaciones y guiándose impulsivamente, por las imágenes del envase, compró un alisador del cabello.

Imaginó que este sería el perfecto toque para enmarcar su nuevo look.

Esa misma noche, en vísperas de lograr un cambio positivo y entusiasmada con la inminente transformación, se colocó el alisador en el cabello.

Ansiosa, no se había percatado de leer las instrucciones detalladamente, sólo reparó en que el líquido tendría que permanecer colocado, durante quince a veinte minutos aproximadamente.

Pasado sólo tres minutos, su cabeza parecía estar en llamas.

Su cabello ardía.

Dulce Sincronía

Lo enjuagó inmediatamente con agua, pero junto con el líquido, y sus buenos deseos de lucir su melena larga y alisada, se fue también su precioso y dócil cabello.

Resultado del experimento: un centímetro y medio del cuero cabelludo, como para no quedar pelada completamente.

-¿Se habrá tomado vacaciones mi buena estrella esta noche? Pensaba entre sollozos.

-¿Cuál paso de la Mágika Formularia omití en el proceso?-

Las preguntas danzaban en su mente, sin respuesta aquella noche y las lágrimas la bañaban sin consuelo.

En un abrir y cerrar de ojos, había pasado por el fuego transmutador sin clemencia.

Ya sólo quedaban vestigios de su vida anterior.

El proceso de purificación alquímica había comenzado.

Sólo el presente la acompañaba.

La ciudad dormía calurosa y su buena estrella, estaba ausente aquella noche.

Ave Fénix

Al recordar esa sensación de desasosiego, que la había hecho dudar por unos instantes sobre la guía de su buena estrella, de aquel entonces, Amanda se preguntó, si acaso tendría esta vez su protección ante el azote de un inminente huracán.

Carol tocó a su puerta enérgicamente.

Amanda, dio un salto pensando que algo malo estaba sucediendo.

-Amanda, abre por favor, es Carol. -Pues mira a quien encontré! Con alegría le mostraba un bulto, del cual asomaban las patitas de Wiskas entre sus brazos.

-Gracias a Dios que apareció! -Suspiró Amanda con alegría.

Dulce Sincronía

-Fue Brandon quien lo encontró en casa de los Randall; ellos no sabían que este gato les pertenecía a ustedes, y lo resguardaron dentro de su casa.

-Bueno, dile a Brandon que le debo un pastelito... que se acerque por aquí... Muchas gracias vecina!   Y por favor, cuídense! – Se despidió.

Brandon era el niño mayor de los Baker y compañero de kínder de Emily. Tenía lo que suelen llamar un 'diente dulce', y predilección por los pasteles de chocolate que Amanda solía preparar y repartir entre los niños de la cuadra.

A menudo se lo veía con bigotes de chocolate sobre su pecoso rostro acalorado.

Y al mencionar la palabra "pastel", Amanda se dio cuenta que había olvidado por completo revisar el horno!-

El pastel aún no estaba listo, pero olía delicioso.

El chocolate solía tener un efecto afrodisíaco tranquilizador entre las mujeres.

Pero a pesar del ambiente acogedor que se vivía en el interior de su morada, Amanda, ansiosa, daba vueltas por la sala.

No deseaba alarmar a las niñas, pero el viento hacía temblar los cimientos de la casa cada vez con más fuerza, generando ruidos crujientes e intimidantes.

Encendió una velita blanca y de rodillas, juntó sus manos en plegaria:

-Estrellita plateada: Te necesito este día más que nunca! para que protejas mi hogar de todo viento huracanado y de las inclemencias del mal tiempo. Te suplico nos envuelvas en un manto azul de luz brillante para que nada nos sacuda!

Al abrir sus ojos, se encontró con el rostro vivaz de Emily que la observaba abrazada a su pony blanco de peluche.

La estrechó fuertemente entre sus brazos, y le dijo:

-Mi niña bonita, no tengas miedo!

Nuestra buena estrella nos cuidará de toda brisa violenta y malintencionada! Todo estará bien! Ya verás. Los angelitos nos cuidaran! –

Y juntas, se sentaron en la mecedora con Wiskas encima calentando sus pies.

Amanda comenzó a tararear unas canciones con voz suave y serena, hasta que la pequeña Emily, quedó profundamente dormida sobre el campito de su pecho.

Los truenos también se habían serenado con su arrullo. Y su buena estrella la abrazaba entre copos de algodón aquella noche.

Nuevamente, cerró sus ojos y se remontó al año 2001 donde su vida se reinventaba como un ave fénix saliendo de sus cenizas.

Dijo el poeta romano Ovidio, en su obra La Transmutación: "cuando el Fénix ve llegar su final, construye un nido especial con ramas de roble y lo rellena con canela, nardos y mirra, en lo alto de una palmera. Allí se sitúa y, entonando la más sublime de sus melodías, expira. A los tres días, de sus propias cenizas, surge un nuevo Fénix y, cuando es lo suficientemente fuerte, lleva el nido a Heliópolis, en Egipto, y lo deposita en el Templo del Sol".

Como el nuevo Fénix acumula todo el saber obtenido desde sus orígenes, y un nuevo ciclo de inspiración comienza.

Era palpable el desarrollo de aquella transformación que había venido también de la mano de un nuevo cuerpo, y forma en el alma intrépida de Amanda.

Apenas había podido descansar aquella noche de turbulenta metamorfosis.

Pensaba en el shock que les daría a sus compañeros de trabajo al verla. Pero nada podía hacerse, salvo confrontar la osadía.

Tomó coraje, respiró hondo, se puso su mejor traje e intentó no mirar ningún espejo que pudiese revelarle lo sucedido.

Admitiendo que en ese caminar casi desnudo, sentía también cierto halo de espontaneidad y libertad.

Al llegar a la oficina, la recepcionista del piso, la recibió con una sonrisa y le dijo:

-Qué buen estilo de primavera!-

-Qué alivio! - suspiró - al menos la sorpresa se recibía en forma positiva... pensaba.

Jenny era una muchachita delgadita que siempre se la veía con inmaculado maquillaje y blusas de colores flúor que resaltaban el color de su impecable bronceado; ella era la portavoz de todo chisme que revoloteaba por el aire en ese lugar, y quien seguramente se encargaría de avisar al resto de empleados, sobre su nueva apariencia temeraria.

Simpatizaba un poco con Amanda, ya que esta, muchas veces la cubría en los horarios del almuerzo y en ocasiones que tenía diligencias fuera de la oficina.

Amanda disfrutaba de estar en la recepción para conocer mejor el movimiento y los colaboradores de la Firma.

Su primer préstamo a procesar se asomaba. Este sería el más difícil. Ya que era un préstamo otorgado por una agencia de gobierno -Federal Housing Administration- o más comúnmente: un préstamo FHA. Que estipula el doble de documentación requerida que en los préstamos de entidades privadas.

Amanda había leído cuidadosamente las regulaciones y sus consecuentes requisitos, pero sin tener la experiencia, no dejaba de preocuparle concretar el cierre de esa operación.

Dulce Sincronía

La compra venta se haría entre dos colegas de la misma oficina, por un edificio de inversión de cuatro apartamentos.

Esto claramente, generaría mucha más presión y responsabilidad de su parte, ya que tendría que verles las caras, ya sean estas de odio o de amor, todos los días en caso de que sucediera algún inconveniente.

Si bien, casi simultáneamente aparecieron otros préstamos más para procesar, este primero sería su gran desafío.

Cuidadosamente fue ordenando toda la documentación y haciendo un inventario de los papeles que estaban pendientes.

Absorta en la tarea, casi no advertía la actividad a su alrededor. Si bien casi todos sus colegas eran muy cordiales y amistosos, Amanda sentía que su nuevo look alienígena la retraía de toda posibilidad de intercambio social.

En ese momento, percibió que alguien había entrado en su despacho, y por encima del monitor de la computadora, vio cómo se asomaban un par de ojos curiosos que la miraban inquisitivamente.

-Hola... me dijo Henry que eres la nueva procesadora, ¿verdad?... comentó con una amplia sonrisa un muchacho de pelo color castaño y ojos color miel.

-Si es cierto, mi nombre es Amanda Paz – y le extendió su mano con solidez.

-Soy Ramiro López, seguro tú tienes toda mi historia personal en esas carpetas - y apuntó con el dedo al fajo de papeles que tenía prolijamente desplegado en frente de ella.

-Oh sí, es tu préstamo motivo de mis desvelos - acotó mirándolo fijamente a los ojos.

- ¿De veras? - Sonrió sutilmente.

Aquella mirada profunda y serena como las aguas de un lago encantado, la atravesaron en silencio.

Por un momento, sintió el calor en sus mejillas. Tragó saliva y devolvió la sonrisa elevando sus cejas con signo interrogante.

-Bueno, te veo luego.

-Sí, nos vemos.

-Que descanses bien – le respondió con voz suave, y cerró la puerta.

De pronto, los personajes de ese préstamo, cobraban vida y comenzaban a hacer su aparición.

En sus manos tenia, no solamente documentos estadísticos, sino historias de vida, de personas reales.

La compraventa se haría entre Linda y Ramiro.

Linda Thomas era una de las vendedoras Top de la Firma.

Llevaba ya como seis meses consecutivos en el cuadro de honor y sus ventas sobrepasaban el millón de dólares cada mes.

Ramiro López, hacia relativamente poco tiempo que había obtenido su licencia de bróker y trabaja part-time en la Firma, ya que aún estaba estudiando en la facultad y además era oficial del ejército.

Los fantasmas del fracaso, le hicieron una visita a Amanda en ese momento:

-¿Y si algo sale mal y la operación no cierra? -La idea la torturaba.

El expediente ya no era solo un documento inanimado, ahora tenía unos ojos preciosos y una voz que retumbaba en las paredes de su cubículo.

Todos los años, a comienzos de la primavera, en el Quiet Waters Park, se celebra "The Renaissance Festival".

Allí se recrea el ambiente, sonidos y sabores de la vida de Europa del Siglo XVI.

Talentosos artesanos, mágicos caballeros, doncellas y coloridos juglares, danzan y festejan el inicio de un nuevo ciclo.

Muchas parejas incluso, aprovechan este festival, para hacer sus votos de compromiso tal como se hacía en la época medieval.

También hay concursos y premios para los mejores vestidos y juegos de rol. Serenatas y marionetas.

Henry García, un muchacho de aproximadamente unos treinta y tanto años, oriundo de Chicago y galardonado como Bróker del Año, ahora, su flamante jefe, invitó a Amanda a conocer la feria.

El estaría junto con su familia, su esposa Wendy y sus dos hijos Michael y Nicholas, pasando el día allí.

A Amanda le daba curiosidad el espectáculo y aceptó gustosa. Mientras observaba los exóticos trajes de los bailarines, un caballero en brillante atuendo palatino, la divisó entre el público.

Tomó su mano y juntos, se mezclaron en el círculo danzante. Después de todo, parecía que su nueva apariencia lironda, entonaba más que nunca con el decorado de ese lugar.

Al cabo de la tercera pieza, sus tacones apretaban más que nunca y sus transpirados pies suplicaban su libertad.

-Pues para bailar en el Caribe, mejor hacerlo descalza! –

Fue así que esta doncella volvió con algunas ampollas a su torre. Pero al menos esta noche, dormiría profundamente, ensoñando las fantasías de las princesas barrocas.

Dulce Sincronía

Decía alguna vez un poeta, que el "encuentro de dos personalidades es como el contacto de dos sustancias químicas: si hay alguna reacción, ambas se transforman".

En la oficina, habían trabajado duramente esa semana y todos los préstamos estaban acercándose a sus cierres, lo cual significaba que su pago también lo estaba, ya que ella tenía un arreglo comisionado por cada cierre, una vez concretada la operación.

Su jefe comentó que se mudaría a un nuevo apartamento ese fin de semana y por cortesía, Amanda ofreció su indulgente ayuda.

Henry había sido generoso y hasta le había adelantado parte de su salario mientras se gestionaban aquellos cierres.

Además de haber sumado horas a su jornada para poder entrenarla correctamente y que pudiese procesar los préstamos con total autonomía.

Combinaron encontrarse en su viejo apartamento ese mismo sábado por la mañana para colaborar con la mudanza.

Henry comentó que otros colegas también irían a ayudar con la tarea y así entre todos hacerlo más rápidamente.

Amanda, amaneció temprano, y junto con las golondrinas, hizo su pequeño ritual de saludo al sol; tomó un abundante desayuno como para tener suficientes fuerzas ese día, y con afán se dirigía al lugar del encuentro, que quedaba a unos cuarenta minutos de su casa.

Por alguna razón desconocida hasta ese momento, Amanda se sentía feliz aquel día.

Había descansado bien y ahora tranquila iba manejando por la I95, escuchando las noticias por la radio, cuando de golpe y sin previo aviso, su automóvil se paró totalmente.

Con suerte, pudo hacer la maniobra perfecta como para quedar justo dentro del área de emergencia.

Luego de varios intentos fallidos de resucitación, el auto estaba totalmente muerto.

Amanda no tenía en aquel entonces celular y no podía ver ningún teléfono de emergencia cercano, salvo un público que estaba justo del otro lado de la rampa.

Rápidamente, calculó la distancia de la pared que tendría que escalar y con determinación al mejor estilo Rambo, comenzó a treparse a la muralla para conseguir ese atinado teléfono.

A pesar del desafortunado percance, sus angelitos la resguardaban, y en ese preciso momento, y por casualidad, justo pasaba por allí uno de los colegas que iba para colaborar con la mudanza.

Pudo reconocerla y frenar unos metros más adelante en su auxilio. Pero Amanda tuvo que dejar el auto allí, ya que no había manera de hacerlo arrancar.

Dulce Sincronía

Estaban en medio de una carretera de mucho tránsito y no había mucho que pensar.

Por lo que rápidamente partieron a la casa de Henry que los esperaba con los brazos abiertos y una pila de paquetes y cajas para mudar.

Para su sorpresa, también estaba allí Ramiro López.

-Hola Amanda, que bueno que estés aquí,...pues sobran cajas y faltan brazos...la interceptó en la puerta.

Hasta ese momento, Amanda siempre lo había visto vestido de traje y corbata con un estilo bastante sobrio y monocorde, esta era la primera vez que lo veía vistiendo ropa informal; jeans y camiseta gris con el logo de Batman.

-¿Batman quiere atrapar al Joker?...en tono divertido, le preguntó.

El apenas sugirió una tímida sonrisa, mientras pegaba con cinta ancha, una enorme caja repleta de juguetes.

-Probablemente, tenga que rescatar a alguna mujer en problemas... y le guiñó el ojito izquierdo.

Las mejillas de Amanda se acaloraron burbujeantes.

Por fin habían ya terminado de llenar el camión de mudanza, cuando Ramiro le preguntó dónde había dejado su automóvil, y muy cortésmente ofreció ayudarla a quitarlo de allí, pues la autopista no era un lugar seguro para dejarlo sin atención.

La acompañó a remolcar su auto y se lo llevó dejándole en reemplazo su camioneta, para que Amanda tuviese movilidad esos días.

Le comentó que su padre, 'casualmente' era mecánico y que podía revisarlo sin problemas.

Mientras en silencio manejaban en dirección al Mazda que llevaba ya un par de horas abandonado en la autopista, Amanda pensaba, en lo dulcemente perversa que estaba siendo la casualidad o el destino con ella.

Al parecer, una fuerza sobrenatural conspiraba para tejer sus universos con lana de un mismo color.

Apenas cruzaban las palabras de respuesta.

No era buen momento de hablar.

Los pensamientos estaban desordenados dentro de sus cabezas; pero a pesar del silencio, Ramiro no parecía sentirse incómodo con la reserva y la compañía de esta joven que, en el asiento del copiloto, parecía una estatua griega, de orgulloso perfil y mejillas desnudas y enrojecidas.

En la mirada de Ramiro, nació un brillo espontáneo, travieso y audaz, del infeliz que es feliz sin saber el porqué de su alegría.

Pensó que era por llevarla a su lado, con la sensación de haber viajado siempre con ella.

Dulce Sincronía

Hablaba todo el rato que permitían los abundantes silencios.

Cuando terminaba el puñado de palabras, cerraba con preguntas de sonrisa que ella respondía con monosílabos y frases de cortesía.

Pensó que los silencios de su acompañante no significaban rechazo sino confusión, pensamientos que solamente ella podía saber con su tierna sonrisa, más tímida que de costumbre.

Era más que evidente, que en el aire se respiraba el calor de una mutua atracción alquímica.

Este hombre la atraía como magneto.

Al parecer también él lo intuía calladamente.

-Quédate con mi camioneta hasta que tu auto se arregle – Insistió galantemente.

A lo cual ella con su mirada cabal, le respondió:

-Los caballeros no sólo se presentan en los festivales autóctonos! - Y nuevamente agradeció cortésmente el gesto.

Amanda sentía cada momento, más interés en este muchacho que parecía tan joven y aun así, se lo veía apacible y maduro.

-Pero no...Yo no estoy para enrollarme ahora en ninguna de esas aventuras del corazón   - Intentaba convencerse asimisma, mientras presurosa daba marcha atrás y arrebatadamente lo saludaba.

Había algo en su mirada que parecía hablarle sin palabras.

Una chispa encendida que la invitaba a seguirla.

Un inesperado flechazo de Cupido que se le enterraba en la piel como una redentora inyección de insulina.

A pesar de su resistencia, no cabía espacio en su sillón de Freud, para naufragar en las sombras de sus interrogantes.

La casualidad los enmarañaba una y otra vez amordazando su contingente futuro.

El sol cabizbajo se ponía en el horizonte, y esta doncella suspiraba en su nuevo corcel japonés: una Nissan Navara color Café con mullido tapizado aterciopelado.

Amanda recordaba las palabras de Florencia, su hermana menor, que unos días antes de partir de Buenos Aires, le había augurado que su oráculo determinaba un nuevo amor en la distancia, y que este, por fin sería el definitivo.

Palabras que habían robado, en aquel momento, una carcajada satírica de los labios de la incrédula Amanda, que pisoteando sus casi tres décadas, no había dado pie con bola, en materia de amores y desencantos.

Amanda era una mujer atractiva y además muy inteligente y cariñosa, pero tenía un gran defecto: por su personalidad más bien extrovertida y elocuente, solía ser ella la chispa de la cita, por lo que se aburría con facilidad en compartir coloquios huecos con personalidades que no la sorprendían en lo más mínimo.

Ella misma atraía a su multiuniverso personajes que en un principio la entretenían, pero que al cabo de una breve presentación, e intercambio mundanal, escurrían sus máscaras colmadas de superficialidad.

Claves suficientemente importantes, para que Amanda rechazara una segunda cita.

Desde pequeña siempre había estado rodeada de gente mayor que ella en edad y por lo general, la nutrían de conversaciones interesantes y profundas.

Cuando ponía sus ojos en algún gavilán de su edad, corría el riesgo de no conectar en la misma frecuencia intelectual y por ende, se desilusionaba fácilmente y terminaba manteniendo relaciones más bien de amistad y punto y aparte.

Soñaba con encontrar un hombre que la sorprendiera cada día y estimulara su glotón ingenio, además de comprenderla en su extenso y pasional territorio de trigales salvajes emocionales.

Cometido de principio, complejo, pero no por eso imposible, y que ahora flotaba alrededor de su aura, como dulces melodías de un minuet romancero.

¿Será que Florencia había heredado los poderes psíquicos de la Abuela Checha, y su predicción se cumpliría irrefutable?

-Si supiera! Suspiró...

El estridente bip del horno, interrumpió abruptamente, aquellos pensamientos que Amanda conservaba prolijamente, con bolas blancas de naftalina en el armario de sus recuerdos.

La pequeña Emily pesaba dormida sobre su brazo izquierdo.

Victoria también se había dormido en el sofá, abrazada a su muñeca preferida: una Barbie a la que le había teñido el pelo de color turquesa y la vestía con ropitas que ella misma, fabricaba con papelitos de colores decorados con brillantina.

Se levantó con los ojos a media asta y retiró el pastel del horno, que por casualidad y sin haberle puesto demasiada atención, había quedado perfecto.

Aprovechó para acercarse al frente de la casa a dar una miradita al panorama.

Parpadeando, miró al cielo, primero por el lado de la calle que sus dos hijas recorrían cada mañana, hasta la parada del transporte escolar.

Siguió la longitud de la calle, con la mirada, deteniéndose en los jardines, las aceras arboladas, y el pequeño huerto de Michelle custodiado por la escultura de una fuente de ángel.

Todo estaba allí, en la calle, igual que había sido el día antes, demostrando que el ayer y el día anterior habían existido.

No había entonces nada que temer, a pesar que los pájaros habían desaparecido, dejando atrás sus nidos en las ramas de los árboles.

Parecía que Irene se había escondido detrás de las sombras del bosque de donde resonaba un silbido ensordecedor.

La gente permanecía expectante dentro de sus casas a puertas bien cerradas en anónimo silencio.

Observó que algunos contenedores de basura rodaban sin rumbo por el mismo centro de la calle lateral.

Entró de prisa y tomó el teléfono para llamar a su vecina averiguando cómo se sentía, pues la había visto muy ansiosa aquella tarde.

-Hola Michelle, habla Amanda, ¿cómo están por ahí? –

-Estamos bien, esperando a ver qué sucede...he colocado mi cama en el cuartito del centro de la casa por las dudas, aquí hay más resguardo... suspiró asustada -.

Se le notaba el nerviosismo en su voz.

-Acabo de escuchar por la radio que el puente de Hudson Valley ha quedado totalmente destruido por el viento y que están todas las carreteras cortadas al tránsito; el esposo de Jennifer está atascado en Morganton Road y le ha dicho que nos avisara.-

-Ni loca salgo de mi casa en este momento! – Bueno, pues cuídense y sabes que eres bienvenida en nuestro sótano.

Amanda había decidido pasar la noche allí donde tendría mejor reparo contra los vientos.

Acomodó a las niñas a su lado y se tapó con una manta, rezando a Dios, que la tormenta se corra hacia el Este y que no azote hogar alguno.

Abrazada a un cojín, cerró sus ojos y prosiguió reivindicando su recapitulación con lujo de detalles y reviviendo cada uno de esos momentos que la habían hecho transitar sobre una nueva ruta de vida, totalmente inesperada.

Amanda no sabía qué pudiese suceder esa noche.

Deseaba disfrutar de imágenes pasadas que la mantuvieran entretenida para no pensar en la calamidad que la aguardaba.

Recuerdos que la abstraían de la amenaza de Irene.

La noche la iba envolviendo como una cueva oscura y sin fondo, y de a poco se sumergía nuevamente en sus cavilaciones interiores, intentando revivir aromas, colores y sonidos vividos en aquel entonces.

Fue recordando así, aquel paseo cautivador por la Calle Ocho.

Calle Ocho

Todas las calles tienen números, letras e historia; algunas se hacen famosas, otras quedan casi anónimas, pero todas nos cuentan algo.

Todas las calles nos dan una referencia, un punto de partida.

Ahora bien, consideremos una calle equis que conlleva su propia historia personal como calle, pero además contiene en su registro, el clima de una época, el ritmo de sus transeúntes, los aromas de sus flores.

Conforme pasan los años, la calle no es la misma.

Cambió.

Se actualizó, se ensanchó, ahora tiene árboles inmensos que apenas dejan verla desde arriba; sin embargo, nuestra calle, sigue siendo la misma en su esencia.

Sigue siendo la misma calle que se mueve y se transforma con las pisadas del tiempo.

Una calle también es la historia de personas como tú y como yo, que vivimos y creemos conocer de la vida, pero que seguimos, con nuestro equipaje más personal, sin estar seguros de cuáles son las reglas por las que esta vida se dirige, si es que existen algunas reglas.

Las calles por las cuales caminamos y nos movemos, nos entregan casualidades de situaciones de vida cotidiana que nos acompañan a armar nuestros respectivos destinos desde la temática causal y el orden de que todo tiene un por qué y una razón de ser.

Las calles de nuestras historias personales, no son producto de la casualidad.

Existen ya, pero cobran vida con nuestro paso y nuestra actuación real y manifiesta.

Aquel día, caluroso de verano, Amanda se encontraba en medio de una populosa ciudad de los Estados Unidos; miles de habitantes recorrían las calles de prisa.

Ella también, era una mujer que vivía con los hábitos del pasado, aquellos que les decían que, para ser persona, necesitábamos tener una casa, un carro, un buen trabajo, un marido fiel y sincero, unos hijos pacíficos y agradecidos.

Amanda también creía, en aquel entonces, en esos cuentos, que luego en la vida real, el aprendizaje se sucedía no sólo con tiernas caricias, sino también con duros golpes de maza.

Golpes que daban forma a nuevas percepciones sobre lo que fuimos, somos y seremos algún día.

El aprendizaje es duro, pero no importa esto.

Importa que sea de provecho.

Unos somos más crudos y resistentes a dejarnos aprender, otros menos, pero el hecho es que aprendamos nuestras lecciones.

Principalmente porque seremos más felices, sufriremos menos y nuestra vida ganará en esto que ahora se llama calidad.

En aquel entonces, Amanda se encontraba en su lugar de trabajo, durante el horario de su almuerzo.

Mientras quitaba el envoltorio a su sándwich cubano, se había puesto a hojear el suplemento de eventos programados del diario local, el Miami Herald.

¿Qué tiene de especial un sándwich cubano?

Podemos comentar, que cada aficionado tiene su propia versión de ingredientes para la preparación de este delicioso snack; pero digamos que el sándwich cubano que encontramos en estas esquinas llamadas "loncheras", se prepara a base de jamón, carne de cerdo, queso y pepinillos, que luego se prensan junto al pan en una planchuela caliente y pesada, lo cual compacta este delicioso sándwich y le da su forma característica.

Más el ingrediente insustituible de este bocado, es el pan que lleva su nombre y lo jerarquiza desde la época que llegaron los primeros españoles, allá por el 1500.

Su ojeada por el Miami Herald duró lo que duró en masticar la mitad del sándwich.

Se sentía absorta en la lectura que señalaba con colorido y devoción, los distintos espectáculos ofrecidos en sus cines, teatros, mercados y parques.

Amanda se sentía espectadora ante un gran abanico de proyecciones en la capital del universo.

Quizás porque era la primera vez que había visto una ciudad tan cosmopolita, en el corto espacio de las letras impresas y las fotografías de un periódico.

-Hay tantas cosas para hacer en esta ciudad! - Pensaba, mientras leía un artículo sobre la muestra de festivales de esa semana.

En la derecha de una página de actividades descubría que, en el mismo centro o corazón de Miami, existía un suburbio que parecía sacado de la misma Cuba, a este lado del océano.

Dulce Sincronía

El barrio es algo así como un libro abierto para conocer, desde el corazón de Miami, también el corazón de Cuba.

Cariñosamente se le llama "La pequeña Habana", pues en sus mercados se consiguen todo tipo de productos tradicionales cubanos.

Cigarros hechos a mano, fruterías, verdulerías y carnicerías que exhiben los cortes tradicionales de puerco, picadillos de carne de res y chicharrones, que le dan sabor y tradición a la comida cubana.

El Mercado Versailles, calle 8 entre la 35 y 36, ofrece una amplia variedad de platos exclusivos: croquetas de yuca, tasajo, tamal de cazuela y milanesas entre otros.

¡Plátanos, mandioca, yuca, coco frio!, gritan aquí y allí algunos vendedores ambulantes de la zona.

Los viernes se presentan los carritos con pescados y mariscos frescos.

En La Carreta o en la Casa de Tula, se consiguen también una enorme variedad de distintos platos de arroz con habichuelas, el típico ajiaco, tostones y el célebre pan cubano.

Lo más autóctono de este colorido espacio cultural del Mercado de la Calle 8, son sus pequeños cafés, con lámparas de época y ventiladores silenciosos, en los que, a través de una ventana, sirven cafecitos por sólo veinticinco centavos.

-Cortadito por favor!...

A pesar de la modernidad de esta metrópolis, La Pequeña Habana parece haberse quedado atrapada en el tiempo.

La memorabilia impresa en sus paredes y decorados nos llevan a otra realidad.

Queda más por ver, mucho más en este arrabal que respira a alegría frente a cualquier circunstancia de la vida, el alma cubana con la grandeza de su gran corazón del Caribe.

En los paseos diurnos por esta vecindad, se podía disfrutar de la sombrita de las higueras que enmarcan grandes bulevares como el de Coral Way, y la Plaza de la Cubanidad o el Parque Máximo Gómez, en los que la música idiomática del son habanero retumbaba entre sus palmeras y cocoteros.

Estos parques sirven de lugar de encuentro de viejos inmigrantes cubanos que ahora se reúnen para jugar ajedrez o dominós por las tardes.

En algunas fachadas se observaban incluso las caras de ciertos héroes cubanos como José Martí, poeta y revolucionario, o Antonio Maceo, otro héroe de guerra.

Muchos cubanos se acercan aún hoy, muchos años después de la desaparición de estos grandes hombres, a realizar ofrendas a su árbol de ceiba y a entregar flores en honor a sus héroes.

Pero lo más fabuloso de este recinto, es su música, que acompaña a todos los viandantes y transeúntes a unirnos a su movimiento.

Dulce Sincronía

Salsa, conga y tonos de la vieja trova se escuchan al pasar y hacen de la Calle 8 un espectáculo fundamental para cualquier turista que quiere conocer Cuba, sin pasar por Cuba.

Amanda se había deleitado en este recorrido simbólico en las páginas del periódico.

Casi terminaba con su almuerzo, cuando vio que Ramiro López estaba entrando en la oficina.

Ramiro era un muchacho bien parecido, de unos treinta años, atildado y levemente engominado, que vestía por lo general, con trajes de tonos oscuros y corbata de colores, que era su única rebeldía tangible frente a la vida.

A veces también se lo veía con bigotes finos y recortados; pero no le duraba mucho tiempo ese perfil, desconcertaba con ellos.

Amanda hablaba poco con él, pero desde que había llegado a este nuevo trabajo, lo veía como una mosca dándole vueltas, queriendo darle conversación.

Casualmente, se lo encontraba en la fotocopiadora, en la salita del café, en la recepción, en el parqueo del edificio.

Nada más verlo para nerviosamente ponerse en guardia.

Pues su mirada, por momentos le generaba escalofríos y hasta a veces, la hacía sonrojar.

Mientras él se acercaba, Amanda ágilmente se acomodó en la silla, dando vuelta la página del periódico y disimulando haberlo visto. Ramiro se acercó sonriente y con voz mansa, le dijo:

– ¡Hola Amanda, ¿qué tal! ¿Puedo acompañarte?

-Si claro, estaba terminando mi almuerzo – le respondió, sin dejar de leer y evitando darle demasiada atención.

Sin mirarlo directamente a la cara, le comentó que estaba leyendo en el periódico sobre los festivales de la Calle 8.

-Mi padre ha terminado con el arreglo de tu carro, y si lo deseas...podríamos ir al festival el próximo fin de semana – acotó con voz alegre.

-Que buena noticia que me das!...

-¿El festival de Calle Ocho?...-Me parece una buena idea, de paso festejamos recuperar nuestros respectivos carros!...respondió impulsivamente.

En realidad, la engañó su voz interior, y hubiese querido decir otra cosa, pero ya era demasiado tarde.

Sus labios habían hablado en contundente aceptación.

-Paso a recogerte entonces mañana por la tarde – y le guiñó el ojito izquierdo en complicidad, como era su costumbre.

En ese momento Amanda se sentía entre la espada y la pared, una parte suya deseaba salir con este muchacho de ojos vibrantes que había tenido la gentileza de ayudarla con el arreglo de su carro, al mismo tiempo, que su voz desde dentro estaba diciéndole que no quería mezclar lo laboral con nada personal, mucho menos enredarse en ninguna cuestión de la que luego viniera a costarle lágrima, pañuelo y arrepentimiento.

Amanda necesitaba ese trabajo como el pan nuestro de cada día y estaba tan enfocada en asentar bases en este nuevo lugar, que no perseguía en ese momento, ningún tipo de rollo emocional que la distraiga en sus objetivos.

A pesar de su esmerado análisis, desbordado de cordura y sensatez, le daba curiosidad conocer a este hombre que se le acercaba a su vida con la misma velocidad de una ola marina rompiendo en la orilla.

-O sea, veamos, qué me propone!, en micro décimas de segundo su cabeza quiere reaccionar, pero este hombre ya ha quedado con ella en una cita.

Esto era irremediable.

Intentó no demostrar su titubeo interior y con una sonrisa tonta, se despidió modestamente.

Volvió a sostener el periódico como queriendo cubrir su mirada turbulenta y calibrar sus miedos.

Y aceptó su invitación sin mucha ovación, pero con la firmeza de sostener la cita pactada.

Ahora tendría la oportunidad de conocer más a este enigmático muchacho y de paso, tener un guía local para disfrutar de este recinto histórico que daba color y sabor a esa bella ciudad.

Al fin de cuentas, luego de leer el detallado artículo en el periódico, estaba lista para ordenar cualquiera de esos deliciosos platos regionales con total certidumbre.

Se acercaba la hora de la cita, y Amanda aún seguía dando vueltas en su departamento, sin poder decidir el vestido que se pondría para la ocasión.

-Menos mal que el peinado lo tenía resuelto! Se consolaba sarcásticamente, mientras se observaba indecisa en el espejo.

La cita convocada por el paseo por el Festival de Calle 8, no había quedado muy especificada, ya que esta podría abrir un abanico de diferentes posibilidades.

-¿Será que iremos a comer a alguno de esos restaurants de los cuales se mencionaba en el Miami Herald?

¿Caminaremos por el parque?

¿Visitaremos algún museo?...

Sin tener referencias, se hacía más difícil la elección del vestuario apropiado.

Dulce Sincronía

Quería ponerse tacos altos aquel día, pero de sólo pensar que iban a tener que caminar bajo el radiante sol, comenzaba a sudar.

Aquella era definitivamente una idea para desechar.

Acabó quitando casi todas las prendas y calzados del armario.

Tan pronto como se los probaba, se los quitaba, y así sucesivamente en calurosa pasarela ante el espejo.

- Amanda, parece que estas un poco ansiosa! - Se decía, tratando de auto-calmarse.

Y como para no estarlo! Esta era su primera cita en esa ciudad y quería pasarla bien y que fuera memorable!

No tenía expectativas de cómo acontecería, pues simplemente no deseaba tenerlas.

Era mejor ser cándida y audaz, y abrazar ese momento con espontaneidad.

De pronto, abrió un cajón y encontró un vestido color rosa floreado estupendo, que había comprado anteriormente, pero que al parecer, había olvidado quitarle el envoltorio y colgarlo con el resto de vestidos.

-Oh casualidad que este caía perfecto para la ocasión!-

Además de hacer juego con unos zapatos que eran más bajos y mucho más cómodos para caminar en día de sol.

Ahora Amanda estaba lista para recibir a Ramiro que llegaría de un momento a otro.

El muchacho, no demoró en presentarse en su puerta.

Vestía una camisa blanca de lino fino con pespuntes de alforzas y pantalón color marrón.

Amanda se quedó mirando su estilo distinguido, con mirada evaluadora; ya que era la primera vez que veía una camisa así.

Este, al notar su observación, le comentó que era una "guayabera": una especie de traje típico caribeño.

El nombre le sonó gracioso y le preguntó si acaso tenía algo que ver con las guayabas?...a lo que él le respondió, que supuestamente, así las habían bautizado, porque quienes las usaban en su momento, eran los recolectores de guayabas, y que por eso, estas camisas tenían los bolsillos más amplios.

-Ya verás muchas guayaberas en el Festival! – Incluso verás también algunos personajes con sombreros de yarey...- y sonrió.

-Tú te ves muy linda Amanda,...te molesta que te llame "Mandy"? - Nuevamente sentía el fervor de los escalofríos que rozaban el reflejo de su piel y la ponían en evidencia.

Hizo un ligero movimiento con sus manos, acomodando uno de sus aretes, sin querer denunciarlos, y con total desenfado, comentó -que ya estaba lista y que podían ir saliendo sin prisa-.

Ramiro parecía no tener ningún apuro, ni tampoco sufrir ansiedades. Se lo percibía tranquilo y seguro.

Su movimiento en cierta manera le generaba paz, al mismo tiempo que por momentos la incomodaba y hasta le hacía aflojar un poco sus rodillas.

No podía discernir si aquello que comenzaba a sentir era algo ¿bueno? ,

¿Peligroso?

¿Precipitado?

Se había jurado a sí misma, que no sacaría conclusiones.

Esta vez, no caería en sus propias trampas mentales, que siempre estaban allí como diablitos morbosos, soplándole en la oreja; tratando de adelantarse a los acontecimientos y dejándose llevar por los supuestos escenarios ahora presentados en esta nueva película que estaba viviendo.

Percibía en su corazón, que algo la renovaba en su esencia de mujer, pero debería permanecer con su mente abierta al cambio.

Flamantemente partieron para el festival que quedaba cerquita de allí.

Mientras manejaban, Ramiro comentó que tal vez mas tarde, podrían dar una vuelta por la playa para ver la puesta del sol.

A Amanda le encantó esa propuesta!

Recorrieron algunas galerías de arte que exhibían sus muestras sin cobro de entrada y también los diversos y coloridos puestos de comidas, donde aprovecharon en probar diferentes platos autóctonos y tomar bebidas frescas.

No sólo había comida cubana, sino que también encontraban comida típica de otros países como ser, de Puerto Rico, del Perú, Colombia y hasta de Argentina!

Aquel festival conglomeraba distintas culturas y sus tradiciones con sabores y ritmos deleitables a los turistas y público en general. Había niños, personas mayores, y jóvenes también.

Todos contagiados por la magia de la latinidad.

Disfrutaban de ese recorrido como dos niños curiosos.

Ramiro la observaba tridimensionalmente.

Cada gesto que Amanda hacía, le resultaba conocido, pero no se animaba a decirle nada que pudiese arriesgar en alterar la atmósfera singular de ese día.

Sus sentimientos a flor de piel, pero aún no era el momento oportuno para hablar de ellos.

Pues necesitaba estar seguro que Amanda no lo rechazaría.

Y conjeturar alguna sugerencia prematura, podría opacar un presunto desenlace.

Dulce Sincronía

A la caída del sol, y como había sugerido previamente en el carro, la invitó a dar un paseo por la playa.

Caminaron por la Ocean Drive y entraron en Nikki Beach, una especie de club abierto con playa privada y Vips.

La música se escuchaba por los parlantes desde la calle. El lugar era amplio y estaba ambientado con cómodas y lujuriosas reposeras de colores; algunas de ellas, colocadas más cercanas a la orilla, invitaban a ver la puesta de sol junto al mar.

Había antorchas encendidas alrededor de la barra que iban iluminando el camino hacia la playa, creando un clima de recogimiento fraternal.

Meseros vestidos de blanco, les ofrecían diferentes tragos frescos.

Amanda se decidió por una piña colada y Ramiro una cerveza Corona Light.

Caminaron hasta la orilla y se sentaron cómodamente en las reposeras, sintiendo una leve brisa con sabor a mar.

Amanda quitó sus sandalias llenas de arena, y al verla, Ramiro tomó uno de sus pies, lo colocó entre sus manos y con un movimiento suave y sereno, comenzó a masajearlo suspicazmente.

La sorpresa no dio tiempo a generar ningún otro movimiento.

Amanda estaba tiesa como una momia!

Su columna vertebral ahora arqueada, sus piernas rectas, no sabía dónde colocar sus manos.

Se aferró fuertemente a su   piña colada y respiró profundamente.

Él, con su casi imperceptible voz, le decía:

—Relájate Amanda, este masaje te hará bien... es para ti! Especialmente para ti!...

Y si lo sabía ella!...

Sólo que en ese momento, se sentía un poco vulnerable y confusa, al no poder determinar aún cuál sería el camino a recorrer con este muchacho, que además de ser un compañero de trabajo, también era el protagonista de su primer trabajo comisionado.

No cabía ningún margen de error.

Pues su sueldo dependía de su operatividad en la labor, y quería hacerla eficientemente.

Respiró hondo, y sopló con fuerza, tratando de disipar de su mente, todos aquellos condicionantes que pudieran interceptar la magia de esa tarde.

Estiró sus hombros contra el respaldar de la reposera, dejándolos caer delicadamente y cerró sus ojos intentando relajar todo su cuerpo; poco a poco, sus manos se estiraban con gracia y sentía los besos alados de la suave brisa marina en su nariz.

Sus labios, apenas mojados con sabor a espuma y sal.

Y en su piel, los últimos rayos de sol que la bañaban de luz radiante, iluminando sus pecas con brillantez.

Al abrir sus ojos, Ramiro estaba quitándose la camisa.

Ahora observaba su cuerpo atlético, semi delgado, su pecho marcado y musculoso y su tersa y refinada piel.

El sol ya quería esconderse y se veía como una bola de fuego que entraba delicadamente en el espacioso y penetrante mar.

Amanda tenía una guayabera prolijamente doblada debajo de sus pies. En su ombligo sentía el aleteo sutil de mariposas invisibles que le hacían cosquillas, mientras sus manos junto a las de Ramiro, jugaban entrelazadas como una pastaflora recién horneada.

El sol se esfumaba sereno, en el horizonte azul y las gaviotas se acercaban curiosas a saludarlos.

El dominicano Juan Luis Guerra, cantaba "Burbujas de amor", mientras Ramiro y Amanda, fundían sus miradas sometidas, en el ocaso.

-Ay! Este corazón, mutilado de esperanza y de razón...Ay, ay, ay, ay!...

Aquella primera cita había sido una introducción entre un hombre y una mujer que habían existido hasta ese momento en dos mundos muy diferentes.

Uno venía a ritmo de marimbas y bongos y otra aparecía con tangos cambalaches y con la cruz del sur tatuada en su mirada.

Habían podido compartir el almuerzo y también se habían contado algunos fragmentos de sus respectivas vidas particulares, sin entrar en los detalles que daban forma a las personas que eran hasta aquel entonces:

Amanda Paz y Ramiro López en pleno año 2001.

La noche los había abrazado junto al mar, en la playa de Miami Beach, y para no caer prisioneros del hechizo de la luna, resolvieron regresar a sus moradas y dejar así pendiente una nueva cita para seguir contándose sus mutuas historias y conocerse mejor.

Ramiro había prometido llevarla, durante esa semana, a conocer un lugar muy especial del cual él era habitué.

Se llama el Cellar Club y se encuentra dentro del Hotel Biltmore, un prestigioso y legendario hotel y golf resort, situado en la antigua y mítica Coral Gables.

El hotel se encuentra rodeado por una cancha de golf y posee una arquitectura exquisita.

Su plan, consistía en invitar a Amanda a probar unos vinos, puesto que allí disponen de una bodega de colección privada muy fina y selecta.

Ese mismo día lunes, Ramiro se acercó por su oficina, y con cara pícara y cómplice, le compartió, que tenía planes de terminar su jornada de trabajo más temprano, y preguntó a Amanda si podía acompañarlo a comer unas tapas...

Ella intuía aquella invitación, puesto que el clima de la noche anterior había dejado interrogantes que invitaban a un nuevo encuentro.

Se había preparado para aceptarla sin mayor resistencia.

Mientras tanto, se acercaba esa misma semana, la hora del cierre de su préstamo y todo parecía estar saliendo correctamente y sin sobresaltos, hasta ese entonces.

Seis de la tarde en punto.

Le había dado tiempo a tomar una ducha refrescante y cambiarse elegantemente para su cita.

Vestido de seda azabache, zapatos de tacos altos y aretes de perlas para esta ocasión.

Ramiro tocó a su puerta y los impulsos eléctricos de la expectativa, se aceleraron en su piel como caballos salvajes trotando por el campo.

Era absurdo sentir que la abrazaba sin tocarla, pero su energía tomaba todo el espacio de su aura.

Intentó disimular el entusiasmo.

-¿Cómo estas Amanda? ¿Qué tal fue tu día hoy?

- Ha sido muy bueno; por suerte tengo casi hilvanado tu préstamo y otros también, estoy conforme en cómo va saliendo eso, que me ha tenido bastante ocupada en los últimos días.-

-También quiero agradecerte el paseo por el Festival de ayer...- acotó.-Pues lo he pasado muy agradablemente,

¿Y tú...qué tal?-

-Yo no veía la hora de salir de la oficina! Las horas no se pasaban más el día de hoy! respondió con su característica y pícara sonrisa.

Y mientras caminaban hacia el automóvil, sus brazos se rozaban con los de ella, como campanarios en horario de misa, sugiriendo un contacto más personal; más íntimo.

Ella, un poco impaciente, apresuró su paso.

Por fin llegaron a este magnífico lugar enmarcado en frondosas arcadas coloniales y fuentes de agua transparentes.

Se veían unas mesas que daban a la terraza y allí se ubicaron mientras los mozos elegantemente, les servían unas frías y burbujeantes copas de champagne.

Dulce Sincronía

-Dos copas de Dom Perignon Brut para la distinguida pareja!..

El lugar de estilo mediterráneo con enormes columnas y extravagantes decorados, enmarcaban una tarde perfecta.

Conversaron plácidamente, sobre sus pequeñas historias y luego pasaron hacia el interior del recinto, donde les ofrecieron una increíble mesa de quesos y vinos.

Queso francés de Brie, Queso Cabrales, Camembert, Roquefort, Queso Manchego, Feta Salado, Gouda, Gruyere, Queso Fontina, entre otros.

Una deliciosa presentación culinaria, con uvas frescas en variedad, nueces, almendras y olivos negros.

Comenzaron la faena con un Tempranillo Abadía Retuerta, luego un Numanthia Termes Bordeaux, Chapellette Cabernet Sauvignon, Chianti Classico, y Castello di Brolio y ya para la cuarta copa estaban alegres y chispeantes como dos castañuelas en rumba.

Era una verdadera fiesta aquel encuentro!

La timidez de Ramiro de a poco se iba descubriendo y lograba sorprender a Amanda con sus comentarios originales.

Mientras entusiasmados, comían aquel suculento manjar, Ramiro parafraseó sin muchos detalles, que hacía sólo un par de meses que había terminado una relación con otra muchacha.

Información que Amanda, registró en su cabecita y resaltó con marcador amarillo y banderita roja de "importante".

Hasta ese momento, la conversación se oía como una música que venía tocándose en ritmos monocordes, muy armónicos.

De golpe, aquí, un contrabajo! ˗ Epa!...cuidado!

No quiso hacerle preguntas a este respecto, pues era mejor que fuese él mismo quien contara de aquella historia lo que le diera la gana, en el tiempo que lo quisiera.

¿Pues quien no tiene en su mochila alguna historia de amor que cargar, verdad?

Lo importante era saber si podía llevarla en su mochila o tenía que cargarla en el bolsillo constantemente.

La distancia con la cual se separaba de esa historia y de esa chica, era un dato importante para Amanda en ese momento.

Pero no quiso romper la magia de la tarde con preguntas indiscretas.

˗El Roquefort esta delicioso y... Salut! Por nosotros...

˗Eso es! Salut! Por nosotros!...

El ambiente era ideal como para tener un acercamiento mucho más profundo.

Pero a pesar de que había una atracción física muy poderosa entre los dos, Amanda no estaba tan segura de relacionarse con Ramiro todavía.

Tal vez, su comentario durante la cena, donde había mencionado que hacía poco tiempo que había cortado con una novia, encendió una luz roja para ella y quiso darse más tiempo antes de llegar a intimidar con él.

Definitivamente tenía que ahondar un poco más en aquella historia y asegurarse que el corazón de Ramiro no estuviese ya empeñado.

Ramiro disimuladamente tocaba sus manos suavemente y sin ejercer presión, digamos que estaba demostrándole todo su interés.

El sentía que la atracción entre ellos caía como las gotas de lluvia caen sobre la tierra, con irrefutable entereza.

Amanda, en cambio, controlaba más esas actitudes, pensando que podía comprometerse o mejor dicho, meterse en líos que luego lamentaría.

Habían tomado bastante alcohol entre risas y miradas apasionadas.

Ella propuso que salieran a caminar por el parque a modo de refrescar sus rostros y apaciguar el inminente deseo febril que los mareaba con intrepidez.

Mientras caminaban por el lujurioso parque iluminado, Ramiro le sujetaba la cintura con total naturalidad.

Ella sentía una vigorosa corriente galvánica por sus venas, propulsando todo su cuerpo en chispas metatrónicas.

Prácticamente, sentía que le quemaba la piel, pero quería disimularlo, por tanto que apuraba su paso como para no dar chance a ese contacto explosivo y letal.

Al regresar al auto, Ramiro abrió gentilmente su puerta y lentamente apoyando sus labios sobre la orilla de su boca de maicena, la besó tiernamente.

El sabor de aquel beso aun podía saborearlo en su boca, con la misma intensidad, diez años más tarde.

La había dejado petrificada!

Se reclinó en el asiento y de pronto, se generó un silencio pasmoso entre ellos.

Era obvio, que a partir de ese momento, no había vuelta atrás.

La pasión se entregaba al deseo irremediablemente.

Él también se acomodó en su asiento.

Respiró profundamente, por un instante, le entregó una mirada traviesa que lo decía todo, pero aun en medio del embriagante silencio, encendió el auto y le preguntó, si quería ya regresar a su casa o tal vez ir a tomar un café a la playa...

Amanda se había quedado muda otra vez.

Dulce Sincronía

Su corazón había viajado a Neptuno trepado de la cola de un brillante cometa.

Deseaba encontrar las palabras exactas pero estas parecían no lograr salir de sus labios.

Nerviosa, tragó saliva, se acomodó el cabello detrás de la oreja, y recatándose, le dijo que se había hecho un poco tarde ya.... Que prefería que la alcanzara hasta su casa.

Los ojos de Ramiro gritaban en suspenso.

Elevó su mano con la intensión de ponerla sobre su hombro, pero en vez, la deslizó en su propia cabellera.

Aquellos torpes silencios se mezclaron con la música de Whitesnake, que tocaba...Is this love?...

Las luces del Puerto, iluminaban desde lejos, mientras la ciudad inmóvil los saludaba y la luna, lentamente se apagaba.

Miami Tower

Todos los años, la Comisión de Brókeres Inmobiliarios organiza una cena especial para el Portfolio de Lujo, e invita a su participación, a todos los agentes que durante el corriente año, excedan ventas de propiedades por encima del millón de dólares.

También hay premios por categorías de volumen de ventas, etc.

Henry García junto al plantel del equipo de brókeres, habían sido invitados a este importante evento.

La esposa de Henry estaba embarazada y no se sentía bien aquella noche; motivo por el cual se animó a preguntar a Amanda, si ella querría asistir al evento en su reemplazo, acompañando a Henry; quien odiaba tener que ir solo a este tipo de convenciones sociales.

Había cierta confianza con el matrimonio García y su esposa, fue quien sugirió que asistieran juntos a la fiesta.

Amanda aceptó la gentil invitación, entusiasmada en conocer gente nueva y con la ilusión de encontrar allí a Ramiro.

El evento se llevaría a cabo en una lujosa terraza del exuberante edificio Murano en Miami Beach.

Llegaron casi sobre la hora, y el lugar estaba repleto de gente.

Una noche estupenda de calor, pero allí arriba corría bastante viento.

Las mesas prolijamente preparadas con enormes fuentes de mariscos varios y frutas multicolores.

Ostras mignorette, ceviche, cocktail de pulpo al coco y amplia variedad de peces frescos, decoraban las mesas opulentamente.

Las camareras vestían trajes blancos largos con alforzas doradas en la cintura, como se usaban en la antigua Grecia y toda la ornamentación se exhibía en los mismos tonos de dorado y blanco. Todo minuciosamente programado.

Henry iba presentando a Amanda, gente que él conocía, al paso que se acomodaban en una de las mesas a la orilla de una mega piscina adornada con preciosos peces de colores.

Uno de los agentes que la había saludado en la puerta, se acercó con dos copas de champagne en las manos, le convidó una a Amanda y arrimó una silla a la mesa.

Le había dicho su nombre, pero entre tanta gente desconocida, no lo recordaba en ese momento.

Alto, de ojos marrones oscuros y brillante piel bronceada.

Vestía un traje gris plomo y una camisa color rosa pastel que acentuaba aún más el color del sol en su tez.

Le comentó que era italiano y mostró interés en saber también de dónde Amanda provenía.

Le hizo saber que él solía viajar mucho y que hacía poco tiempo, había visitado Buenos Aires.

Motivo ahora de una charla más animosa, en la cual él reconstruía con lujo de detalles su recorrido por las tierras de Gardel.

Amanda se sentía de lo más entusiasta hablando de lugares que ambos conocían y compartiendo platos exquisitos que no podían desaprovechar.

Conversaron muy amenamente durante casi toda la noche y al despedirse intercambiaron sus respectivas tarjetas.

El insistió en darle además su número privado.

En su tarjeta se leía Enzo Rossi, y de su puño y letra, el número de su móvil privado.

Dulce Sincronía

Henry, había recorrido casi todas las mesas con comida esa noche, al parecer, este llevaba el embarazo de su esposa Wendy, encima, y con su barriga satisfecha, se encontraba ya listo para marcharse.

Le preguntó a Amanda, si ella deseaba quedarse a esperar que la fiesta culminase, o si prefería marcharse junto a él en ese momento.

Ella estaba cómodamente disfrutando de la buena comida y la música del evento, además de secretamente albergar la ilusión de encontrarse con Ramiro, por lo que sugirió quedarse un rato más.

Se acercó a una de las mesas donde se encontraban otras compañeras de la misma Firma, que se conocían.

Una de ellas, Mariana Falco, quien le preguntó si conocía a Enzo.

A lo cual le respondió que no, que sólo se habían presentado esa misma noche.

Mariana, un muchacha delgadita, de cabello oscuro brillante y con una mirada inquisitiva, le comentó entonces, que Enzo había sido su esposo, pero que se habían divorciado hacía más de dos años.

Que ella ya no se hablaba más con él, y con pesadumbre, desenfundó todo su rollo sobre aquella historia fortuita.

Amanda la escuchaba atentamente, aunque honestamente no le interesaba demasiado, no obstante advirtió que

Mariana tenía necesidad de descargarse emocionalmente de aquel pasado conflictivo.

Oh casualidad, que había sido el mismo Enzo Rossi quien la había buscado, sin saber que ella y Mariana trabajaban en la misma oficina.

Enzo era un muchacho muy elegante y educado, además de sociable y carismático; en cambio Mariana era del tipo de mujer más bien retraída y al mismo tiempo se la notaba bastante celosa y suspicaz.

En un instante, Amanda pudo comprender que entre ellos la película se sucedía en pequeñas tragicomedias de celos y desencuentros.

Y esto viene a cuento de que aparentemente, Mariana había estado observando mientras ella y Enzo conversaban tan eufóricamente.

Mariana, de alguna manera se puso en retaguardia, como si Amanda fuera una latente amenaza en su camino, y había soltado un par de comentarios escabrosos evidenciando su patológica obsesión.

Pero la realidad era que ella no tenía interés en Enzo.

Si bien le había resultado muy simpático y de agradable compañía, sus ojos estaban puestos en otra persona.

Y su corazón vibraba con el ritmo de otro timbal.

Dulce Sincronía

La fiesta iba casi terminando, y los invitados se iban retirando.

Las mujeres de la mesa, en pandilla, invadieron el toilette; luego alborotadas en conversaciones, esperaban el ascensor para por fin marcharse del lugar.

Quién se iba a imaginar que en ese preciso momento que esperaban el ascensor, y por casualidad, apareció Enzo que también se marchaba.

Mariana quiso disimular su incomodo, y Amanda, no tuvo más remedio que saludar a Enzo nuevamente!

Al estilo italiano, un beso en cada mejilla y abrazo apretado!

–Arrivederci Cara mía!

Él sonreía feliz y comentaba que se había quedado con uno de los organizadores del evento; a quien había visto que estaba un poco pasado de copas y con quien había tenido la deferencia de acompañarlo hasta su carro.

A pesar de las miradas prejuiciosas que colmaban aquel vidrioso ascensor, Enzo le preguntó, si guardaba su automóvil en el mismo garaje, a lo que ella respondió que no, que iba a tomar un taxi de regreso a su casa porque Henry ya había partido hacía rato.

Enzo, de inmediato y muy amablemente, ofreció llevarla de regreso hasta su casa.

A Amanda no le parecía correcto aceptar su cortés invitación, máxime teniendo las miradas fulminantes de Mariana sobre sus espaldas, pero el insistió y aunque, al día siguiente, tuviera que soportar el rollo difamador con la chica celosa, decidió que era más rápido y cómodo aceptarla, que andar en busca de un taxi a esas horas.

Llegado el caso, ella no tenía motivo alguno, por lo cual avergonzarse.

Enzo resultó ser todo un caballero.

La acercó hasta su casa sin problemas de ningún tipo, y con la mejor disposición.

Y a pesar de que se dio cuenta que ella también conocía a Mariana, no comentó absolutamente nada.

Tampoco ella lo hizo, conservando total discreción en el asunto.

Se despidieron nuevamente y con alegría le preguntó si ella, aceptaría compartir un almuerzo en la semana.

A lo cual ella respondió que sería mejor que la llamara previamente para combinar la cita.

Al llegar a su casa, tenía tres llamadas perdidas en su teléfono...

Dulce Sincronía

Ramiro había estado llamándola pero no se animó a dejar mensaje, solo se escuchaba un largo bip en el eco de la grabadora.

Amanda comenzaba a sentir la anemia de sus besos y a extrañar el calor de sus abrazos y la tibieza de sus juguetonas manos.

Revoleó sus tacones por la sala, se quitó la ropa y se metió en la ducha.

El agua calentita que caía sobre su cuerpo cansado, iba de a poquito, quitando el estrés acumulado y aminorando aquella ansiedad que sentía por saber sobre Ramiro, que al parecer, no había podido llegar a la fiesta.

Aspiró con placer, la espuma de lavandas que la esponja depositaba en el contorno de su piel y comulgó con sus angelitos custodios, implorándoles que le suministraran alguna "señal" de que Ramiro fuese el portador de la llave que abriera la puerta a su esperada felicidad.

La noche palpitaba en el canto de los grillos y Amanda sucumbía a sus extravagantes y dulces sueños.

El vivir cerca de la playa es como tener el paraíso al alcance de la mano.

Toda ocasión sirve de excusa para hacer un paseo y respirar aire puro, cargado y energizado con olas de mar.

En una de las reuniones que habitualmente celebraban en casa de su amigo Fabio,   Amanda había conocido a Mercedes Green.

Una muchacha rubia de cuerpo estilizado, que se dedicaba a dar clases de danzas y coreografías en South Beach.

Recordaba que ella le había hecho el comentario, de que temprano en las mañanas, mucha gente se juntaba en la playa para correr o caminar y disfrutar desde el amanecer la salida del sol.

Un espectáculo ameno que hace que el recorrido matutino por las playas, además de ser el perfecto work-out para acondicionamiento físico, también nos despeje la mente y nos provea de esa vitamina sustancial para comenzar el día con alegría y disposición.

Amanda recordaba que tiempo atrás, su abuela le había enseñado diferentes rituales para saludar y recibir el sol con energía positiva, y luego de llevar varias noches de faenas, pensó, que una corrida por la playa, restablecería sus músculos y de paso conocería también lugares sin explorar.

Colocó el despertador dos horas antes de su horario habitual, para tener así suficiente tiempo de dar una recorrida por la playa.

El sol estaba apenas saliendo por entre las pálidas nubes y ya se respiraba el aire caluroso del Caribe penetrando sus fosas nasales con fogosidad.

Efectivamente, había gente corriendo y también caminando mansamente por la orilla.

Las gaviotas se reunían cerca de las cabinas de los guardavidas, bulliciosas.

Y de a poco también, asomaban algunas sombrillas que escondían los desteñidos cuerpos de turistas entusiastas que en solo un par de días, reencarnaban más oscuritos.

Mientras caminaba despreocupada, respiraba el olor embriagante del mar, que llenaba sus pulmones de un sentido noble de satisfacción sin nombre.

Pensaba en cómo hasta hacia sólo un par de meses atrás, la geografía que la rodeaba era tan diferente.

Y también las circunstancias se habían modificado casi por completo.

Pensaba también en Ramiro, en la compra de esa nueva propiedad que estaba gestionando.

¿Cuáles serían sus planes?

¿Se mudaría al nuevo apartamento?

¿Regresaría con su ex novia?

Abstraída en sus cavilaciones, de golpe escuchó que alguien gritaba su nombre por detrás...

-Amaaanda!...

Se dio vuelta y a lo lejos avizoraba la silueta de un hombre alto con anteojos oscuros que la saludaba.

No podía darse cuenta quien era, ni reconocía el sonido de su voz, pero se detuvo a esperar que se acercara.

Llevaba una camiseta blanca y shorts rojos, parecía ser un guardavida, de esos que vigilan la playa.

Cuando por fin se acercó, comprobó que era el mismo Enzo Rossi que la encontraba nuevamente!

¿Qué hacía en la playa tan temprano?

Se emocionó al encontrar a Amanda, y le dio un caluroso abrazo y beso por partida doble como era su costumbre.

Amanda estaba más que sorprendida, pues no conocía a muchas personas y lo menos que esperaba era encontrarse con Enzo de esa manera tan casual.

Enzo le comentó que todas las mañanas solía acercarse a la playa a correr y hacer ejercicios con la salida del sol.

Rutina que ya hacía varios años lo mantenía en forma.

-¿Y tú? Que haces aquí? -Cuestionó alegre.

-En realidad, es la primera vez que vengo tan temprano en la mañana. Pero veo que mucha gente lo hace... tal vez lo adopte yo también como practica matutina! – le respondió mientras acomodaba sus anteojos cromáticos.

Dulce Sincronía

Enzo sonrió fervoroso y le preguntó cómo había pasado la noche y conversaron muy animosamente recordando detalles sobre algunos de los personajes de la fiesta de la velada anterior.

A Amanda se le hacía tarde para regresar a su casa a cambiarse y llegar al trabajo en horario, por lo que se despidieron cariñosamente.

Dejando abierta la posibilidad de un nuevo encuentro en cualquier otro momento.

En el camino, Amanda no podía dejar de pensar en esas pequeñas casualidades que tiene la vida...

Como todos nos encontramos entrelazados en una gran red y de un momento a otro, nos perdemos o encontramos nuevamente.

Se había hecho un poco tarde aquella mañana, y sin poder tomar desayuno, partió deprisa hacia su oficina.

Al llegar, su jefe le pidió que coordinara el cierre del préstamo de Ramiro López, para el día siguiente, pues al parecer, todo estaba listo y encaminado.

Fue en ese preciso momento que por fin, Amanda sentía paz en su corazón, sabiendo que había hecho bien su trabajo y que tenía asegurado ese puesto laboral, al menos por un tiempo.

Los demás préstamos se sucederían sin inconvenientes y tendría asegurada esas comisiones para cumplir con sus obligaciones.

Ahora sí podría relajarse y pensar en otros asuntos más personales.

Esa misma tarde, llamó a Ramiro para darle los detalles de la escrituración de su nueva propiedad que se llevaría a cabo en la compañía de título, y de paso, aprovechó para tantear sus movimientos.

Ramiro la atendió un poco cortado al teléfono; ella sentía que en realidad, él deseaba expresar otras cosas, que no venían al caso en ese momento.

Brevemente apuntó los datos y sin más, se despidieron como diplomáticos compañeros de trabajo.

Luego de una semana de cierres y comisiones, por fin había llegado el fin de semana.

Amanda necesitaba descansar y despejar un poco su mente.

Ramiro no había vuelto a llamarla y ella tampoco lo había hecho.

Ella presumía que él estaría muy ocupado con su nuevo apartamento y haciendo los arreglos pertinentes.

Mientras desayunaba tranquila esa mañana, de pronto, escuchó que alguien tocaba el timbre de su puerta.

Dulce Sincronía

Curiosa y desprevenida, se acercó a ver quién era.

Para su asombro, era Ramiro que se presentaba con su mejor sonrisa y vistiendo shorts, una playera y una gorrita para el sol.

-Buenos días Mandy!.. Disculpa que no te avisé que vendría... La saludó sonriente y alegre.

-Qué sorpresa! ¿Qué te trae por aquí a estas horas?- le respondió un poco nerviosa, porque de verdad que no lo esperaba; estaba aún en pijama, leyendo el periódico con desenfado.

-Quiero invitarte a que me acompañes a Key Biscayne... pensaba que podíamos aprovechar el día para andar en bicicleta por el parque...

Y meneando su dedo pulgar, le señaló las bicicletas que traía montadas sobre la cajuela del carro.

-Me gusta la idea, pero no estoy lista aún, deberás esperarme a que me cambie de ropa y me organice.- Le respondió apurada y con pupilas brillantes.

-Claro, mientras tú te arreglas, yo iré a cargar gasolina y regreso por ti como en veinte minutos...te parece?

-Si está bien, te espero entonces...

Amanda no salía de su asombro, al ver que este chico era espontaneo y al parecer, de armas tomar, se lo veía determinado a encontrarla.

Se preparó inmediatamente y partieron hacia ese lugar sin espera.

En el camino, Ramiro le contaba algunos de los arreglos que estaba realizando en el nuevo edificio de apartamentos.

Se lo veía, alegre y consagrado a esta nueva tarea.

En la entrada del Parque les ofrecieron un folleto donde contaba la historia del famoso Faro:

Cuando Juan Ponce de León condujo la primera expedición española en 1513 se encontró con un área de feroces tormentas y aguas violentas que bautizó con el nombre de "Cabo Florida".

En este lugar se observaban ocultos bancos de arena y arrecifes sumergidos, que eran un peligro para los marineros de aquella época, causando cientos de naufragios a lo largo del estrecho de la Florida.

Por esta razón, una de las primeras acciones del Gobierno Federal cuando la Florida se convirtió en un territorio de Estados Unidos en 1821, fue planificar la extensión de una red de faros en la costa que sirvieran de apoyo a los barcos que entraban en la Bahía Este.

Fue así que en 1825 se construyó el Faro más antiguo del sur de la Florida.

Hoy en día 'Key Biscayne' es un lugar de recreo planificado como centro de reunión de familias y turistas, que ofrece un colorido medio ambiente junto a un bello faro histórico además de sus pulcras playas con duchas y terrazas para picnics, un maravilloso parque estatal con anchas calzadas y espacios señalados para andar en bicicleta.

Ramiro le había comentado que desde pequeño, era ciclista, y que en sus ratos libres, solía hacer el circuito ese de la Bahía.

Lamentablemente, Amanda no tenía el mismo entrenamiento, pero podía intentar al menos, subirse a la bicicleta y hacerle compañía.

Aquella fue una experiencia graciosa porque andar en bicicleta parece ser algo simple.

Uno lo aprende desde niño y ya está.

Jamás lo olvida, ¿verdad? Sin embargo, para montar las bicicletas ligeras, de esas que tienen pedales de cromo, hay que tener agilidad y la tarea se complica con la falta de práctica.

Ramiro le iba explicando a Amanda cada paso, y ella entusiasmada, se lanzó por la ruta, pensando que después de todo, no sería tan difícil. Pero en un momento, haciendo una curva, plaf! Hizo un brusco giro y se cayó de pleno en la calzada!

Aquello provocó una risa imparable entre los dos y por fortuna, Amanda no se había llegado a lastimar demasiado, tan sólo algunos raspones en los codos advirtiendo la falta de práctica de la ciclista.

Por lo demás, pasaron un día realmente fantástico.

Por la tarde, recorrieron la playa y el prestigioso Faro, de donde se veía la silueta atlántica en todo su esplendor.

Entre ellos se generaba una especie de química apacible.

Era una relación dócil y liviana, que le inspiraba cierto halo de paz.

Ya cuando se disponían a regresar, una llamada telefónica sonando en el celular de Ramiro, interrumpió el armonioso escenario.

Él se corrió unos pasos, como para tener más privacidad y nervioso, atendió el teléfono.

Unos minutos después, colgó la llamada con la rapidez de quien se quita una araña venenosa de encima.

Ella pudo percibir que aquel llamado inoportuno, había logrado incomodarlo y su semblante había cambiado.

Él quiso disimular el incidente, pero estaba claro que algo le preocupaba.

No obstante su curiosidad, Amanda omitió cuestionarle detalles sobre la llamada recibida y dejó que sea él quien dijera algo al respecto.

Su rostro estaba pálido en ese momento y simultáneamente sus movimientos mostraban cierto grado de nerviosismo.

Dulce Sincronía

Fue entonces, cuando se animó a preguntarle:

-¿Te sientes bien Ramiro?-

-Sinceramente no! – respondió con cara de indignación y haciendo una mueca fruncida con sus labios, esquivó su mirada en la distancia.

Se cruzó de brazos y comenzó a columpiarse sobre sus pies, como queriendo encontrar alguna solución a un problema existencial.

Se produjo un breve silencio, que daba espacio a que cada quien sacara sus propias conclusiones.

Pero, era sano no hacer presunciones sobre asuntos que no están del todo claros o establecidos.

Amanda guardó también silencio, evitando entrar en suposiciones vanas.

Pero había quedado de manifiesto, que la llamada había sido el detonante de un cambio en el ambiente que se estaban viviendo en ese momento.

Ajustando el tono de su voz, sugirió:

-Si no te importa, preferiría llevarte de regreso a tu casa -

-Si, por supuesto! Ha sido un día magnífico pero ya me siento un poco cansada.

-Igual yo, te lo agradezco infinitamente Amanda. – y sin más palabras, se montaron al carro.

De camino de regreso, volvió a sonar su teléfono.

Esta vez, el no respondió. Apagó su teléfono velozmente.

Y comentó, 'que no era importante', que luego devolvería la llamada.

Nuevamente, ella sintió unas luces rojas que se encendían y le alertaban sobre alguna situación no resuelta del pasado, que al parecer sojuzgaba el alma de este muchacho.

Se despidieron sin mucha algarabía.

El día había sido largo y ambos se sentían cansados.

Era evidente que había servido para acercarlos de una manera muy especial, al mismo tiempo que Amanda ahora tenía dudas sobre aquel llamado que había interrumpido la atmósfera de aquella mágica tarde.

Al entrar a la casa, tenía dos mensajes en su contestador, uno de ellos era de Enzo que la invitaba a asistir al concierto de "Journey" en el Jackie Gleason Theater.

Miró la hora en su reloj.

Todavía estaba a tiempo de arreglarse para aceptar la invitación.

Journey era una banda que le fascinaba y esta sería una magnífica oportunidad de verlos en vivo.

Estuvo a punto de levantar el teléfono para aceptar a Enzo su promisoria invitación, cuando de repente, y por casualidad, su teléfono comenzó a sonar al mismo tiempo.

Levantó la llamada.

Era Ramiro.

-Hola, quería darte nuevamente las gracias por el día maravilloso que hemos pasado y pedirte disculpas...-Dijo con tono melodioso...

-¿Por qué me pides disculpas?...

-No quise compartir contigo algunos temas familiares que lamentablemente, hicieron desviar mi atención y me sacaron de onda...

-No te preocupes, yo comprendo perfectamente, no tienes que explicarme nada...-

-¿Te gustaría tomar un café más tarde?..

Su invitación era provocativa y audaz, considerando que habían pasado todo el día juntos.

-Creo que mejor lo dejamos para otro momento...- le respondió titubeante.

-¿Tal vez mañana? -

-Si, a la salida del trabajo te encuentro entonces – Buenas noches Mandy, que descanses.- se despidió cariñoso.

Se quedó pensando que Ramiro había tenido una buena actitud al llamarla para rectificar lo sucedido después de recibir ese intrigante llamado telefónico.

Después de todo, el encuentro de aquel día había resultado ser casi perfecto, de no ser por esa intempestiva llamada que logró cambiar el curso de los acontecimientos.

Las nubes oscuras que le estaban trayendo dudas sobre él, ahora se disipaban.

De todos modos, Amanda decidió que sería mejor no salir aquella noche.

-¿Quién sería la persona misteriosa que llamaba a Ramiro? Se peguntaba mientras se preparaba para ir a la cama.

-Sera mejor no pensar en ello –y bostezando, despidió su día para abandonarse a sus ensueños.

El trabajo se iba organizando cada vez mejor.

Ya su jefe podía delegarle aún los préstamos más complejos con total autonomía y todo marchaba bien en ese momento.

Estaba previsto para esa semana un entrenamiento especial que ofrecía el Departamento de Finanzas de uno de los Bancos Socios principales.

El curso se llevaría a cabo en otras sedes centrales y sería intensivo; razón por la que Amanda se ausentaría de la oficina esos días.

El training se dictaría en flamantes oficinas del Miami Tower.

Piso 33 con majestuosas vistas al océano.

Este es uno de los edificios más característicos de la ciudad, por su espléndida arquitectura y porque además durante la noche, el edificio queda totalmente iluminado con luces de colores que cambian de acuerdo a la ocasión.

Por lo general, se lo puede observar en luces de color rosa o azul, destacándose del resto de torres más altas que componen la metrópolis central.

El edificio cuenta con un total de 47 pisos con una panorámica de la ciudad de Miami más que increíble.

A partir del piso 25, aquello era un vértigo arrollador.

Parecía que las puertas se abrían dentro de las mismísimas nubes!

Eran tres mujeres que representaban la firma local, y en total había como otras cincuenta personas que se congregaban de distintos lugares del país.

Amanda se acomodó junto a una muchacha jamaiquina de nombre Taisha Jones, que venía de Orlando y un señor latino de nombre Joaquín Vargas, que vestía un particular traje color terracota viscoso y sombrero; era el único que no hablaba inglés y que había solicitado una intérprete para el curso.

El presentador se demoraba en hacer su aparición.

Las secretarias les ofrecían agua fresca, café, té y se movían inquietas, de un piso al otro.

Mientras tanto, algunos participantes aprovechaban para intercambiar tarjetas y conversar, haciendo más amena la espera.

Inesperadamente, les anunciaron que el facilitador del curso, el Sr. Milton Brooks, tendría que llegar de Washington, pero su vuelo había sido demorado por problemas del mal tiempo, por lo cual les ofrecerían vouchers sin cargo para tomar un refrigerio en el Piso 26 y luego les proyectarían unas diapositivas en la misma sala.

La noticia se recibía con alborozo y sin prisa, todos tomaron los vouchers y fueron presentándose al lugar asignado.

El Piso 26 era una especie de cafetería abierta con amplias mesas redondas donde la gente podía traer sus viandas o pedir refrigerios rápidos en la barra.

Amanda había consolidado su conversación con Taisha y juntas estaban ahora sentadas en la barra pidiendo unas copas de camarones fritos que se olían frescos y muy apetecibles.

Mientras Amanda esperaba su copa, y para su inefable sobrecogimiento, observó que en una de las mesas, en medio de un grupo de gente, se encontraba, Enzo Rossi.

-No puede ser! –Encontrarlo nuevamente en forma casual era algo que su mente no lograba procesar!...-Tanta casualidad!

-¿Cuál sería el mensaje que el universo le estaría dando? - Pensaba atónita.

Hacia un par de días, ella había pedido justamente que le enviaran alguna señal del cielo, en dirección al camino correcto.

¿Sería esta una señal?

Confusa y media aturdida del espasmo, pensaba si acaso ese encuentro emitía alguna corazonada particular o eran meras casualidades que enredaban los hilos en las madejas de nuestras vidas.

En ese momento, Taisha le comentaba sobre el entrenamiento que había hecho en la ciudad de Los Ángeles, a comienzos del año, pero ella estaba tildada mirando la mesa donde se encontraba Enzo y no podía prestarle demasiada atención en su relato.

Su mente divagaba tratando de encontrar claves a estos raros acertijos.

No sabía, si sería prudente, acercarse y saludarlo.

O mejor desaparecer de allí rápida y disimuladamente.

Esto, considerando que aún no había devuelto su llamada del día domingo, motivo por el cual le hacía sentir un poco culpable.

Al parecer, él aún no se había percatado de su presencia en ese lugar.

Conversaba con el resto de personas mientras almorzaban con entusiasmo.

Ella seguía indecisa sin saber cómo proceder, por lo que decidió seguir al resto de su equipo en una mesa del otro lado de la sala, donde ya no tendría acceso a observar lo que él hacía.

Al parecer, Enzo no advirtió su presencia en el lugar.

Y al levantarse ya no logró verlo.

Se relajó, al mismo tiempo que se sentía un poco aturdida por este singular encuentro.

Por fin, llegó el anunciado orador y todos se encerraron en una de las salas de conferencias, por el resto de la tarde.

Al salir del edificio, sus ojos daban vueltas como un radar, sabiendo que también a esas horas casi todos los empleados terminaban sus tareas, y que lógicamente tal vez Enzo, también estuviese saliendo en ese momento.

Apuró su paso hasta el parqueo y desapareció de allí rápidamente, sin dejar rastro.

Dulce Sincronía

No había podido pegar un ojo aquella noche.

Las imágenes de estos nuevos personajes en su vida, danzaban en su mente dentro de una coreografía cuasi apasionada.

Sentía que la vida le presentaba la oportunidad de elegir el camino que deseaba tomar, ahora de la mano de un compañero.

A pesar de que su plan, al llegar a este país, no había sido para nada, entrar en relaciones sentimentales.

Pues ya cargaba ella con ciertas heridas del pasado que aún sentía no habían cicatrizado completamente, y deseaba tener libertad y claridad para sanarlas de a poco.

Su escepticismo era contundente, pero también lo eran sus sentimientos ahora revueltos entre las piedras de aquel muelle interior.

Estaba claro para ella, que tanto Ramiro como Enzo, eran dos alternativas de caminos muy diferentes.

Caminos que se presentaban ante su mirada, de una manera muy natural, casi por casualidad.

Sin siquiera ella haberlos buscado o ser consciente, en ese momento de su incidencia en su propia vida.

Con Enzo se generaba una química intelectual exquisita.

Ambos gustaban de los placeres mundanos de esta vida, de una manera muy parecida.

Por lo general, se lo notaba amable y cariñoso con todas las personas y juntos se entretenían demasiado.

Él siempre tenía temas para compartir y su visión de la vida era alegre y abarcadora.

Se enriquecían mutuamente y se conectaban desde un plano muy espiritual e interactivo a la vez.

Especialmente porque Enzo, al igual que ella, había viajado por el mundo y podían tener una visión de contexto más multicultural de la vida.

Disfrutaban del coloquio internacional a todo nivel.

Si bien, Enzo era un muchacho cariñoso y espontáneo, ella había evitado en todo momento, acercarse a él físicamente, por lo que no estaba del todo segura, si acaso, esa química se manifestaría entre ellos en algún momento.

Había una fuerte atracción entre los dos, pero también, por momentos ella sentía cierto rechazo o desconfianza.

En cambio con Ramiro, estaba muy claro para ella, que su energía tenía un poder sobrenatural en su piel.

Nada más sentir el calor de su mirada, su cuerpo se estremecía y sentía un fuego interior queriéndola devorar como un dragón hambriento.

Ramiro no era un hombre de hablar demasiado, más bien lo justo y necesario; le costaba entrar en diálogos generales.

Dulce Sincronía

Y sus intereses estaban centrados en su entorno inmediato y en el quehacer cotidiano.

Aun así, sabia escuchar con atención y disfrutaba con denuedo sus variados y elocuentes comentarios.

Ella sentía una irrefrenable curiosidad por su personalidad, un tanto tímida y misteriosa.

Pensaba que detrás del velo de su mirada, existía un océano de calladas vivencias y aventuras que con el tiempo, irían revelándose desde la intimidad.

Él le inspiraba una inexplicable sensación de seguridad y comodidad, y a su lado, ella se sentía en paz.

Había algo en él que la consolidaba interiormente.

Y que él lo percibía silenciosamente.

Sincronicidad

Recordar aquellas sensaciones con viva nitidez, colmaban a Amanda de felicidad, aun estando a miles de kilómetros de distancia y separados por un enorme océano, diez años después.

La fuerza del viento huracanado, logró derribar uno de los árboles más jóvenes, plantado en el fondo del jardín.

El estruendo logró despabilar a Amanda, que envuelta en una manta de duvet, se embriagaba con el licor de sus recuerdos.

Dulce Sincronía

En zozobra, dio un salto y de inmediato se acercó a las ventanas laterales para verificar de dónde provenía aquel ruido.

Trataba de identificar los movimientos bruscos que se sucedían en su terreno.

Llovía intensamente y el suministro de luz estaba cortado.

Era casi medianoche y la oscuridad envolvía su barrio con extraños y violentos brazos.

Apenas podía divisar la calle y las casas aledañas.

En medio del desconcierto, había olvidado que tenía una linterna en su bolsillo.

La encendió y revisó el cuarto minuciosamente.

Wiskas la miraba con sus ojos verdes penetrantes y sus pupilas fosforescentes.

Las niñas dormían abrazadas a sus muñecas mientras la noche se batía en duelo con los vientos de tormenta.

Sintió miedo en su corazón y extrañaba más que nunca la compañía de su esposo.

Las sombras del ocaso, murmuraban tristes su ausencia.

Quiso desaparecer de su turbulento presente de vientos amenazantes y asesinos y correr desaforada, hacia los territorios del amor y el encantamiento, donde los vientos solo son suaves brisas que acarician nuestra desnudez con delicadeza.

Despacito, se acercó a la cocina.

Recogió un vaso de agua y a tientas regresó al sofá del sótano y se recostó junto a sus pequeñas.

Se acomodó sobre la orilla y con su manta se tapó la cabeza y los oídos para no escuchar el ruido perturbante del viento.

Cerró sus ojos como compuertas de una caja fuerte y con sus manos sobre la frente, repitió:

-Que los ángeles nos cubran con sus escudos dorados de mirra y sal y que Papa Dios tenga piedad de nosotros! –

Rezó para sus adentros y de a poco fue dejándose entrar en el espacio atemporal de sus memorias, que la llevaban a la ciudad mágica nuevamente, y donde Ramiro la acompañaba tiernamente abrazado a su cintura.

Con motivos de los festejos del White Party, sus amigos Gamila y Fabián Bernal, la habían invitado a este imperdible show que se lleva a cabo todos los años en el Museo Villa Vizcaya de Coconut Grove.

Una villa que data del 1900 y que cuenta con enormes jardines y fuentes originales traídos desde Europa.

Año tras año, su exquisita arquitectura y diseño atrae a grandes personalidades diplomáticas y celebridades, y es cuna de artistas y cantantes famosos.

El White Party es una fiesta que se desarrolla durante una semana entera, con diferentes shows y entretenimientos, que tienen la consigna de recaudar fondos y ayudar a entidades sin fines de lucro que brindan ayuda a enfermos de HIV y Sida.

Si bien en su comienzo, había sido una actividad que se desarrollaba dentro de la comunidad Gay exclusivamente, hoy en día, cuenta con el apoyo y patrocinio de la mayoría de residentes miamenses que se ven favorecidos por el influjo turístico que el White Party provee a la ciudad.

Sus amigos tenían boletos para uno de los shows; el del famoso DJ Brett Henrichsen.

Pasaron a recoger a Amanda y de allí marcharon elegantes a la fiesta.

El evento estuvo alucinante y disfrutaron de la música y el ambiente ecléctico del lugar.

Allí se reunieron junto a otras personas conocidas y amigas también, entre ellas, Santiago Farrel, que estaba de vacaciones en la ciudad.

Comentando sobre los motivos de su visita, mencionó que desde hacía un par de meses, sostenía una relación por internet con un muchacho italiano que vivía en Coral Gables.

También comentó en la mesa, que sentía mucha curiosidad de conocerlo en persona y había aprovechado el evento del White Party, para convocarlo sin mayores compromisos.

Pero que al parecer, su amigo se le estaba escapando...pues aún, no había podido coincidir ninguna cita con él.

Todos nos sonreímos y animamos a Santiago a relajarse en la fiesta y a abrirse a conocer gente nueva.

Pues aquello era una pasarela de hombres y mujeres solteras y disponibles.

Mientras caminaban por la Lincoln Road, atestada de gente, tomaron unas cervezas y luego acompañaron a Santiago hasta el Ritz Carlton, donde se hospedaba esos días.

Al despedirse, Amanda prometió llamarlo en la semana para almorzar juntos antes de su regreso a Buenos Aires.

Al llegar a su casa, se encontró con dos llamadas en su grabadora... Una de Ramiro que solo decía: "Hola Mandy"...

Y otra de Enzo que con voz muy alegre, la saludaba desde Europa, donde le explicaba que le había salido un viaje imprevisto de trabajo y regresaría recién a finales de semana.

Carl Gustav Jung, llamaba 'sincronicidad' al resultado de sucesos interiores y exteriores inexplicables bajo la ley de causa y efecto, pero, simultáneos e importantes para quien los observa. Descubrimientos fortuitos que suceden accidentalmente pero que conllevan un mágico movimiento de correlación.

En aquel entonces, la vida de Amanda, se sucedía en un vaivén de sincronías, que vistas desde un sólo ángulo, lograban confundirla, pero en la observación del conjunto, ella sentía que había un propósito mayor que los sostenía.

¿Qué le hacía creer esto?

La sensación de fluidez de los acontecimientos.

Pues todo fluía y se ordenaba de una manera singular, sin esfuerzo y sin luchas.

Había leído alguna vez, en unos escritos orientales, que cuando sintonizamos nuestro Tao (camino) interior, con el Tao de la vida, es que todo cobra forma en la totalidad.

Hechos que podrían resultar tal vez irrelevantes en su momento, estarían siendo atados por el hilo del destino como nudos marineros en ultramar.

En el rompecabezas de su colorida existencia, Amanda iba encajando las piezas una a una de manera espontánea y casual.

Había comenzado la semana con energía y abrazaba la ilusión de tener sus sentimientos ordenados.

Por fin el entrenamiento con la Banca Internacional, había terminado y volvía a trabajar en las oficinas de Miami Beach.

Al entrar en su despacho, se encontró una calcomanía con una carita feliz, pegada en el monitor de su computadora.

No decía de quien provenía, pero intuitivamente, imaginaba que Ramiro la habría colocado allí para ella.

Un pequeño detalle que la colmó de alegría! Motivo por el cual ella también se acercó a su oficina, para dejarle también a él una notita, algo que certificara su recíproco cariño.

Aún era temprano y apenas iban llegando el resto de empleados.

No quería que nadie advirtiera su presencia en el despacho de Ramiro.

Especialmente la chismosa Jenny, que seguramente batiría la noticia por todos los pasillos.

Con mucha discreción, dejó un sobre en su escritorio, donde le devolvía otra carita feliz y debajo en letras gruesas sugería: ¿Café esta tarde?...

Al salir, y casi de reojo, advirtió un portarretratos con la foto de Ramiro junto a una muchacha.

En un instante, Amanda sintió que se le había congelado la mirada. Se apresuró en salir de allí sin que nadie la viera.

No podía salir del asombro y aunque no quería elevar juicios sobre una situación de la cual no tenía todos los detalles en su conjunto, le entristecía, pensar que en el corazón de Ramiro, tal vez existía otra mujer...

Una intriga, que envenenaba sus sienes en dudas.

Trató de conservar la calma y esperar a verlo personalmente, para poder preguntarle sobre aquella foto y desmitificar la muchacha que lo acompañaba.

Pero, aun así, no lograba concentrarse en ninguna tarea.

La imagen daba vueltas en su cabeza como un carrusel.

-¿Sería esa misma mujer quien lo llamaba a su celular y traía tanto pesar en su rostro?

Y las preguntas seguían desfilando en su mente sin parar.

Por fin se hizo la hora del almuerzo.

Recordó que había prometido a Santiago Farrel, ir a recogerlo para conversar un rato antes de su regreso a Buenos Aires.

Lo llamó. Santiago la atendió con una voz jubilosa y expectante, pues ellos eran buenos amigos y el no veía la hora de sentarse a contarle el chisme de su vida.

Le dijo que por fin, su amigo lo había llamado esa mañana y que iba a encontrarse con este muchacho, para tomar un café en el lobby del hotel.

-Qué suerte Santi! Me alegro que por fin hayas dado con él!
-

-Sí, pero no quiero hacer la cita muy larga, por ser nuestra primera vez... ¿qué tal si te acercas tú también por el hotel? De esta manera, tendré la excusa perfecta para dejar pendiente una segunda cita...

-Además, quiero que lo conozcas...y me des tu opinión...

Así, Santiago sugirió que Amanda, pasara por allí como en una hora para almorzar juntos.

Ella sinceramente, se sentía bastante atribulada por sus propios fantasmas y no estaba en plan de niña celestina.

Pero acercarse a la playa, seguramente la sacaría de la conmoción - pensaba inocentemente.

Se acercó al mostrador del conserje para preguntar por Santiago.

Muy amablemente una señorita le indicó el camino hacia las mesas que daban a la terraza.

Santiago la divisó enseguida y sonriente levantó su mano.

- Amanda! Aquí estamos!...

...Pero miren lo que son las casualidades!...

Quién iba a imaginarse, que quien lo acompañaba a la mesa era el mismísimo Enzo Rossi!

Ambos se levantaron al verla...

Dulce Sincronía

Santiago la estrechó en un caluroso abrazo y con ojitos cómplices dijo:

-Enzo, te presento a una gran amiga: Amanda Paz...

Ella estiró su mano sin poder aún salir del shock que la paralizaba.

Enzo le lanzaba una mirada con llamaradas de dragón asesino, ahora enmudecido totalmente.

Santiago se dio cuenta que el encuentro los había sorprendido.

-Se conocían? Acotó.

Amanda estaba congelada.

No podía procesar la información toda junta!

Luego de unos interminables segundos, Enzo atinó a dar una respuesta.

-Sí, nos conocimos en la fiesta del Murano...

-Uy! Qué casualidad!, ahora comprendo vuestras miradas...- intervino Santiago, que intentaba poner cierta cuota de conformidad.

Enzo, que había perdido el tono solar de su cara, en un santiamén, se levantó de la silla y expresó:

-No quisiera demorarlos, los dejo para que puedan almorzar tranquilos.. – Ha sido un gusto verles...

-Te ves muy bonita Amanda, ha sido un placer!

Y con la velocidad de un rayo, sin más comentarios, partió por entre las mesas... esfumándose completamente...

Amanda estaba petrificada.

Deseaba disimular su espanto, pero su amigo se dio cuenta que el encuentro le había caído como una bomba neutrónica.

Para disipar las arbitrariedades, se entretuvieron por unos momentos con la cartilla del menú ordenando las bebidas.

Amanda deseaba desaparecer detrás de sus coloridas páginas.

Por fin, saliendo del coma mental que la aturdía, decidió ser ella quien interrogaría primero.

Y así procesaría la información más coherentemente..

-Y ¿qué tal? ¿Cómo te ha ido con él?

-En un principio, diría que bien, las primeras impresiones fueron fantásticas, a pesar de que Enzo acababa de llegar de viaje esta mañana y se sentía un poco descolgado -agregó.

Amanda pensaba en ese momento que- si antes de verla allí, ya se sentía de esa manera, ¿cómo habría quedado al marcharse! Cavilaba en silencio mientras untaba el pan con mantequilla.

-¿Qué opinas sobre él? - Le lanzó inquietante Santiago...

Dulce Sincronía

¿Cómo responder aquella radical pregunta?! Respiró hondamente, y en tono superficial, respondió:

-Me parece que deberían conocerse más en profundidad... ¿hasta cuándo te quedas en la ciudad?

-Regreso este próximo fin de semana, pues sólo he sacado la mitad de mis vacaciones....

Y la charla se derivó por fin, hacia otros caminos más triviales.

Era evidente que Amanda no quería seguir indagando más sobre el asunto.

Pues tenía un cúmulo de interrogantes pero no era el momento apropiado para debatirlos.

Al regresar a la oficina y con su estómago revuelto y su cabeza colmada de presuposiciones fantasmagóricas, encontró una carita feliz con un "Si"... apoyada sobre el mouse de su computadora.

El previo almuerzo, había quitado todo su entusiasmo y lo último que deseaba en ese momento, era salir a un encuentro con Ramiro.

Necesitaba tiempo para acomodar el cuadro aquel del Ritz en su interior.

Pospuso la cita con Ramiro para el próximo día.

Su cabeza ardía en recopilaciones varias que le quitaron el sueño aquella noche.

La luna se apagaba lentamente y su partitura estaba muda y sin música.

Si acaso aquellas eran "señales", era evidente que Amanda no las comprendía.

Amanecía un nuevo día con el canto abrumador de las chicharras que anunciaban mucho calor.

Amanda se disponía a terminar con algunos asuntos pendientes, entre ellos, aquel sonriente Café con Ramiro.

La verdad había sido diligente al sorprenderla el día anterior con su escaramuza veloz.

Estaba dispuesta ahora también a interrogar a Ramiro y colonizar sus íntimos territorios.

Pues si acaso esa confluencia los reunía, quería averiguar cuanto antes, su cometido.

6.30 de la tarde, la cita en el mítico Café Demetrio de la Alhambra Circle.

En su fachada, las tejas coloniales.

Las paredes de ladrillos de adobe y sus altos ventanales de madera maciza le recordaban los típicos castillos de Castilla La Mancha, que había visitado alguna vez en un viaje por el viejo continente.

Dulce Sincronía

Mientras esperaba ansiosa la presencia de Ramiro, observaba a dos señores muy bien vestidos, que fumaban en pipa y atentamente jugaban un partido de ajedrez.

Ramiro no demoró en hacer su aparición.

El lugar de la cita lo había elegido ella, pues a él no le gustaban los espacios pequeños, más bien prefería reunirse en terrazas al aire libre, donde las conversaciones son más independientes.

Ni bien la vio, sugirió que se trasladaran a un sitio más grande.

Este lugar no le permitía mucha intimidad, ya que las mesas están superpuestas.

Todo el mundo escucha las conversaciones de las mesas vecinas.

Pero Amanda notaba cierto grado de ansiedad en él en ese momento.

Y prefirió no distraerse manejando de aquí para allá.

A esas horas, la gente salía de sus trabajos y el tráfico estaba siempre muy congestionado.

Con mirada suplicante, sugirió a Ramiro que se quedaran aunque sea a un café en aquel sitio.

-Un expreso y un cappuccino por favor... y se acomodó a su lado.

Su cabello brillaba engominado y su camisa blanca abría algunos botones, revelando tímidamente el tamaño de su pecho.

-¿Hace rato que esperas? Preguntó, mirándola a los ojos con ligera emoción.

- Tan sólo unos instantes nada más.

- ¿Cómo fue tu entrenamiento?

-Interesante y a la vez intenso – le respondió, sin entrar en demasiados detalles; pues ella quería llevar la conversación para el lado de la foto que la había dejado obsesionada anteriormente.

No sabía de qué manera formularle la pregunta omitiendo incomodarlo.

Pero no había otra forma más directa y efectiva que cantarle un Jaque Mate al rey...

-Tienes muy ordenado tu despacho...-inauguró sumisa.

...Y ¿quién es la muchacha de la foto? Arremetió con fuerza y sin titubear.

Él sonrió tranquilo, y mirándola fijamente a los ojos contestó:

-¿Quién crees que es?...

-Pues no se... ¿Tu novia? ¿Tu esposa?.. ¿Tu amante?

Dulce Sincronía

-Ay Dios! -Eres tremenda Amanda!

- No es ni mi novia y mucho menos mi esposa, es mi hermana Lucía, que vive en Nueva York. -La última vez que nos visitó, nos tomamos juntos aquella foto.

Fue ella misma, quien me regaló el portarretratos y allí lo colocó antes de partir.

-Ahora respira profundamente y tómate ese café! Y me guiñó el ojo en complicidad mientras revolvía su tasa.

Pfffsss... Qué peso se quitó de encima!

La imagen de aquella foto, la había torturado una noche entera!

Pero como una noble señorita francesa, disimuló el sentimiento de liberación y de plano dio paso a otros temas menos comprometidos, sobre los parientes y allegados.

Por fin, conversaron sobre algunos personajes de su familia mientras pedían el segundo café.

Salieron a caminar por el boulevard mientras caía el sol plácidamente en la ciudad.

Ramiro, por fin, había abierto algunas ventanas sobre su vida personal.

Pero ni pío decía sobre aquella relación que hasta hacía poco tiempo, había mantenido con una muchacha.

Tampoco había mencionado nada sobre la fortuita llamada.

Amanda deseaba averiguar los pormenores de la saga.

Pero sin ser directa, le estaba costando lograrlo, ya que él no se daba por aludido y saltaba sus atajos con afabilidad.

Optó nuevamente entonces, por la vía más sagaz, la de la interrogación.

-Y dime Ramiro...-¿te has casado alguna vez?

-No, jamás.

Sus respuestas eran tajantes.

Iban al grano sin ahondar en especificaciones...

-¿Qué sucedió con aquella muchacha de la cual me mencionaste los otros días? – Indagó confiada...

Pensó la respuesta unos instantes, como queriendo encontrar las palabras precisas...

-Bueno, salimos por casi dos años, de golpe nos dejamos...-

Amanda se quedó en silencio por unos minutos, como dándole la oportunidad de ampliar un poco su respuesta que en realidad no le comunicaba demasiado.

Entonces prosiguió...

- Creo que simplemente...se cansó se mí! Dijo con un tono de sarcasmo en su voz...

Dulce Sincronía

Era evidente, que este hombre se sentía derrocado y que al parecer, la muchacha había sido quien había cortado la relación, tal vez incluso con la participación de otra persona.

Ella sintió pena al escucharlo.

Se notaba que aún le dolía aquella historia.

-¿Te hablas con ella aún? ...

-No! Para nada! Ella no quiere verme ni saber de mí, ni en figurita!...

-¿Qué le habrás hecho a la pobre mujer?! Sugirió simpáticamente.

En ese momento, ya llegaban al estacionamiento donde habían dejado los autos.

Ramiro la miró tiernamente y con su mano, acarició su hombro.

-No te preocupes Amanda, pues no te haré daño!

-Eso es lo que espero! Le respondió intrigante y lo abrazó por el cuello.

Hicieron planes para reencontrarse el siguiente fin de semana y se despidieron cariñosamente.

En el camino, ella iba intentando atar algunas piezas que ahora tenían nombres y formas, pero había algo que aun él no había podido compartir con ella hasta ese entonces; era algo que le incomodaba y que ella lo percibía intuitivamente.

En medio de todos esos pensamientos, también aparecía la imagen de Enzo y los interrogantes que se amedrentaban insolentes sin respuestas.

Aún no había podido asimilar lo sucedido en aquel almuerzo en el Ritz.

Tampoco Enzo la había llamado para darle alguna explicación o pista que la ayudara a hilvanar aquella historia inconclusa.

Se acercaba el fin de semana, y ella deseaba programar una salida a algún sitio nuevo.

Sus compañeros de oficina, le habían hablado sobre Coral Castle, que es un castillo edificado con piedra real de coral, que actualmente servía de museo turístico, situado al sur de la US1, de camino a los Cayos.

Nadie se explica su construcción y a pesar de haber sido visitado e investigado por diferentes arqueólogos y estudiosos de edificaciones en piedra, aún no pueden precisar cómo sus piezas fueron movilizadas y ensambladas tan prolijamente.

Son muchos los mitos que rodean este misterioso sitio.

Especialmente porque su constructor, el señor Edward Leedskalnin, ya fallecido hace más de 60 años, no contaba con los medios financieros o herramientas apropiadas para levantar más de 1100 toneladas de peso en piedras de coral que se encuentran enclavadas en la fortificación.

Dulce Sincronía

Poco se sabía sobre la historia personal de Leedskalnin, salvo que durante veintiocho años, este misterioso señor, había trabajado minuciosamente edificando este espectacular sitio para sorprender a su enamorada que vendría desde Latvia para casarse con él.

La historia se sucede con un final amargo, donde su enamorada no viaja, el casamiento se cancela y el pobre Ed, enferma de tuberculosis y muere de tristeza.

Lo que queda de esa macabra parodia, es este impresionante monumento de coral que revindica la fuerza del amor.

Pues solamente una persona enamorada lograría mover esos gigantescos monolitos!

En el sitio, además se observan piezas singulares como ser una puerta de piedra maciza que pesa más de treinta toneladas y gira en un solo eje, un telescopio con alineación perfecta a la estrella del norte, Poláris.

Un calendario solar, para medir el tiempo con precisión de sombra, un obelisco, una fuente y dos esferas lunares.

Materiales que denotan conocimientos alquímicos por parte de su constructor.

A Amanda este lugar le parecía una historia apasionantemente fabulosa.

Pensó entonces en sugerirle a Ramiro que se acercaran a recorrer este enigmático lugar.

Lo llamó varias veces, pero la llamada caía siempre dando con su grabadora.

Ella no deseaba explicarle su plan de aventuras, por lo que esperaba que en algún momento, Ramiro le devolviese la llamada y así con entusiasmo, persuadirlo para visitar aquel sitio.

Había pasado casi todo el día sábado y aún no había respuesta alguna de su parte.

Amanda comenzó a conjeturar suposiciones absurdas, y a sentirse un poco confusa nuevamente.

En realidad, ella no deseaba levantar juicios indecentes, sin haberse comunicado con él, pero le preocupaba ese mórbido silencio.

Por fin, el sábado por la noche, recibió su llamado.

Ella le expresó sus deseos de visitar aquel recóndito lugar, y quedaron entonces para salir temprano el día domingo.

Por suerte, un día radiante de sol los saludaba amablemente.

Ella vestía un traje al mejor estilo Indiana Jones; camisa con doble bolsillo, pantalón kaki y sombrero de exploradora.

Tenía su cámara Nikon, preparada con varios rollos, para tomar muchas fotos durante el interesante paseo.

Ese día, tempranito en la mañana, partieron muy contentos.

Dulce Sincronía

Al llegar, observaron que el lugar estaba totalmente tomado por turistas.

Allí había gente de todas partes del mundo recorriendo las esculturales estructuras pétreas.

También había una feria artesanal y mística, y carritos con comida.

Un señor bajito de bigotes gruesos y barba desteñida, les daba una visita guiada, donde les contaba con lujo de detalles, la fantástica historia del Castillo.

Ramiro la tomaba de la mano en todo momento.

Ella se sentía protegida por sus anchas y suaves manos.

También aprovechó para tomar varias fotos donde Amanda mostraba alegre las diferentes direcciones del castillo.

-Tomemos una foto juntos! – Así podemos cambiar el porta retratos de la ofi...Sugirió resplandeciente, y en tono sarcástico, mientras le pedía al guía que la tomara.

Hacía mucho calor bajo el sol del mediodía y estaban transpirados y sedientos.

Ramiro propuso que se acercaran hasta Key Largo, que no quedaba muy lejos de allí, para tomar unas cervezas frescas más cerca del mar.

Al subir al auto, se quitó su camisa como era su costumbre.

Para Amanda, esto era una contundente sugerencia de coqueteo y un juego, tal vez un poco infantil, para disimular su tímida seducción. Pero al fin de cuentas, a ella le agradaba el gesto.

Percibía que él se sentía cómodo a su lado y esto le inspiraba confianza.

Pararon a comer mariscos en un pintoresco edificio victoriano antiguo: Key Largo Conch House.

Una especie de casona tradicional con vista al mar de donde provenían olores de sabrosos platos recién elaborados.

Almorzaron en una de las terrazas desde donde se veía la marina llena de coloridos botes.

Era un lugar bellísimo, lleno de palmeras y plantas tropicales.

Ramiro poco a poco se acercaba más a ella.

Mansamente, sin apuros.

Sus manos rozaban suavemente su cintura.

Su mirada le hablaba sin palabras.

Amanda estaba hipnotizada con sus movimientos sutiles y suaves.

Por momentos le daban escalofríos y sentía que su pulso se aceleraba.

Dulce Sincronía

Él jugaba con ella un juego de seducción silenciosa.

Y ella haciéndose la distraída, lo seguía al pie de la letra en su afán.

No quería apresurar el paso, sentía que lo que estaban viviendo en ese momento, era algo diferente para los dos.

No era una aventura del momento.

No.

Aquello era como un fluir constante.

Como la resonancia entre las cuerdas de una guitarra.

Los dos se gustaban mutuamente y se atraían demasiado, pero querían estar tranquilos y serenos para recibir ese sentimiento que de a poquito se iba convirtiendo en la antesala de un gran amor.

El calor era cada vez más intenso.

La llamita interior estaba ahora encendida como una linterna.

Tomaron unas Coronas e intentaron sostener un pacto con la cordura, pero delicadamente el impulso del deseo los sacudía irresistiblemente.

Ramiro tomó su rostro entre sus dos manos y la besó tiernamente.

Para su sorpresa; sus labios se encontraron con un sabor conocido en su boca.

Una sensación de inexplicable concordancia.

Tanta!... que de pronto, se asustaron.

Los dos instintivamente se retrajeron con cierto pudor.

Sus brazos alrededor de su cuerpo, enraizaban el apetito por sus tiernas manos que se deslizaban suavemente por su espalda.

Su lengua se encontró enredada con la tersura de su cuello, que lentamente se entregaba al calor de esa boca húmeda y audaz.

-No hay nada que temer - sugirió en un tenue murmullo.

Aquellas palabras lograron relajarla por un instante.

-No tengo miedo! Respondió entrecerrando los ojos y sintiendo llamaradas de fuego entre sus pechos.

-No de ti, no de esto...

Ramiro, sostuvo su rostro por un instante, y luego, colocando sus manos sobre sus hombros, la apartó, como para poder mirarla fijamente a los ojos.

En su mirada había una promesa de vital apetito.

-Quédate tranquila Amanda, todo estará bien..

Y ahora sí, su boca se entregó por completo a la suya en un largo y sostenido beso que los fundía en aguas tibias y encantadas.

Dulce Sincronía

El frenesí de su lengua ardiente de pasión, los arremolinaba gentilmente.

Perdieron la noción del tiempo.

Y sus oídos ensordecían con las voces de los niños que estaban jugando en los jardines laterales del restaurant.

Sin embargo, ellos parecían estar albergados dentro de una cúpula de cristal que los hacía permeables a los ruidos exteriores, sellando los sonidos entre sus auras como dentro de una cámara frigorífica.

Ramiro tomó sus piernas por detrás y las acomodó sobre su espalda haciéndole caballito y jugando con ella como si fuera otro niño. Convirtiéndose así, en un peligroso imán en su vida.

Su espíritu paternal le daba seguridad, al mismo tiempo que la invitaba a proyectar un escenario futuro.

El sol comenzaba a sucumbir lentamente por entre las palmeras.

Tomados de la mano, caminaron pausadamente, con la mirada fraguada en el horizonte.

Los dos comprendían ahora con certeza, que estarían juntos en ese camino.

El Tao los había unido y los acomodaba lentamente.

El ritmo de sus corazones se acoplaba incesante y ambos daban paso a una nueva melodía que resonaba uniformemente con la música de sus respectivas vidas.

La noche caía luminosa y Poláris brillaba en el firmamento, tan brillante como sus ojitos cargados de ilusión y osadía.

Sus cuerpos estaban suspendidos en ese fragmento atemporal del infinito, mientras el resto de estrellas giraban a su alrededor.

Impregnados de un torrente de mutuos deseos, regresaron hipnóticos.

Al llegar a su casa, Amanda agradeció el paseo con animosidad y él le beso la frente en forma inocente, dejando la esencia de sus besos derramado en la miel de sus labios.

-Buenas noches princesa! – Quiero ver esas fotos!.. No lo olvides! – Y se marchó sonriente y feliz, cargado con la potente vitamina del amor.

Por fin, Amanda había dormido a sus anchas aquella noche de acústica resonancia.

Pensaba que el enigma de la fantasmal ex novia, se iría consolidando de a poco, al establecer fijamente la relación con Ramiro.

El despertador sonaba sin parar y ella apenas lo había percibido.

Se levantó apurada y sin tiempo de desayunar partió para el trabajo.

Absorta en sus pensamientos, y sorda dentro de su pequeña galaxia interior, de pronto sintió un bocinazo estridente que la despabilaba sin clemencia.

Al parecer, Amanda se había quedado clavada como un robot sin baterías, en la garita del peaje de la autopista, y una larga fila de automóviles esperaba impacientemente que ella volcara sus monedas en la bolsa y se abriera la barrera cediéndole el paso a la caravana.

Aquellos eran los primeros síntomas que constataban, que Amanda, padecía de enamoramiento febril.

Al llegar a la oficina, se enteró que ese mismo día, era el cumpleaños de Henry.

Sus compañeros de trabajo estaban reunidos en la salita de la cocina, deliberando un plan para festejarle el cumpleaños en forma sorpresa.

Por fin, decidieron que sería buena idea comprar comida hecha y Mariana también propuso, hacer el encargo al Rincón Español.

Una paella marinera con langostas, zarzuela de mariscos Bouillabaisse, Cazuela de Mero con almejas y unos tintos, servirían de agasajo para festejar el 37 cumpleaños de su jefe.

Por supuesto, que además de la comilona gallega, también traerían el tradicional "cake" de la panadería venezolana "La Ideal", junto a unas botellitas de champagne para el brindis.

Mariana se mostraba muy elocuente aquel día.

Parecía que estaba buscando la oportunidad de entablar con Amanda una conversación más profunda.

Congeniaron en que entre las dos, se harían cargo de recoger la comida y preparar la mini fiesta en medio de la jornada laboral.

De paso, en el camino, aprovecharían para ponerse al día con los chismes de oficina.

Mariana no solía participar mucho de las actividades grupales de la Firma.

Por lo general, estaba encerrada en su cubículo y no dejaba que nadie se entrometiera en sus asuntos personales.

Pero al parecer, ese día gozaba de buen ánimo y había sido ella misma quien había hecho la propuesta de acompañar a Amanda con los arreglos de la fiesta.

Situación fortuita, que se presentaba por casualidad y que le permitiría a Amanda, intimar con ella y tal vez ahondar detalles en torno a los interrogantes que ella guardaba secretamente sobre su ex marido: el enigmático, Enzo Rossi.

Claro que no abriría la boca hasta no saber cuáles eran los sentimientos de Mariana para con Enzo en ese momento.

Ya había manifestado en la fiesta del Murano, que era una mujer celosa y que mucho no le gustaba que su ex, se acercara a otra mujer.

Pero Amanda, no podía perderse la oportunidad de hacerle algunas preguntas concretas que podrían servir como marco de referencia de sus sospechas.

Mientras esperaban que les envolvieran la comida en el restaurant, Amanda invitó a Mariana a tomar unos refrescos, de paso que animaría su intento de flanquear aquella confusa situación que la atormentaba.

Sin ahondar en muchos pormenores, le preguntó directa:

-¿Estas en pareja con alguien?-

Con sorpresa en su mirada y casi titubeando en la respuesta, soltó un gesto de disconformidad.

-No...y no creo estarlo por mucho tiempo...-

-¿Y eso? ¿Por qué lo dices? –

-Pues porque no me siento preparada para abordar una nueva relación.- Estoy aun confundida con respecto a lo que siento por mi ex...-

-¿Te refieres a Enzo? –

-Sí, precisamente. Y ahora que lo mencionas....siempre quise preguntarte si acaso habías vuelto a hablar con él?...

La miraba elevando su ceja derecha en gesto inquisitivo.

Amanda, acercó el vaso de refresco, haciendo tiempo en su respuesta.

No quería decir nada que pudiese perjudicar su prematura relación con Mariana, al mismo tiempo que le intrigaba que ella le contase los vaivenes de lo que había sucedido entre ellos.

Le costaba en ese momento, acomodar en su mente, aquel último encuentro con Enzo en el Ritz y lo que eso había provocado en su interior.

Sabía que Mariana era una pieza clave para poder dar forma a esos interrogantes, pero no quería comprometerse demasiado.

Evitando responder su apelación, se adelantó con una nueva pregunta.

-¿Y por cual motivo se separaron?- cuestionó sagazmente.

-Menuda pregunta me haces Amanda!.. – A ver cómo te la respondo...

Y juntando sus manos sobre el vaso de refresco, continuó...

-Diversos motivos desencadenaron en nuestra ruptura. Aun así, me cuesta aceptar que hoy estemos separados...

Su rostro se endurecía con dolor al pronunciar estas palabras.

Estaba claro, que Mariana aún tenía sentimientos profundos para con Enzo.

-Te comprendo,...las separaciones son complejas, y máxime si se ama a la persona. -¿Tú amas a Enzo?

-Sí, aún lo amo.

Enzo ha sido un hombre maravilloso para mí. Un gran compañero, un buen esposo. Me enseñó a disfrutar de la vida de una manera desconocida por mí y le estaré eternamente agradecida por todo en cuanto me ha dado en los años de nuestro matrimonio.-

El rostro de Mariana se impregnó de dulzura al expresar estos sentimientos.

Sus ojitos azules que normalmente carecían de brillo, ahora se encendían pronunciando ese nombre.

Aun le parecía imposible atar la historia aquella del Ritz con lo que Mariana le estaba contando.

Pero era demasiado pronto para confiar plenamente en ella y así compartirle aquel confuso incidente.

Era menester, tener más datos para poder entrelazar las piezas de ese intrigante rompecabezas.

-Y ¿entonces?

¿Te ha sido infiel?

¿Qué fue lo que desencadenó la ruptura? Amanda insistía en averiguarlo todo.

-Bueno, llevábamos ya 5 años de casados cuando por fin, después de mucho buscarlo, quede embarazada.-

-Enzo tenía locura con ser padre y abrigaba la idea de formar una familia grande a mi lado.

Amanda la escuchaba atentamente mientras seguía su relato con los ojos como platos.

-Yo no estaba segura de esta decisión puesto que en ese momento estaba todavía en la universidad y no quería interrumpir mis estudios.

-El embarazo comenzó con muchas complicaciones. Yo me sentía débil. El médico me aconsejó que permaneciera en la casa haciendo reposo. Enzo también me cuidaba con mucho cariño, pues él tenía temor que me sucediera algo malo.

-Enzo estaba loco por ser padre, y nuestra relación de consolidaba más con la ilusión de traer ese niño al mundo.

-pero lamentablemente y tal vez por falta de madurez, mi ambición de terminar mis estudios en ese momento, me traicionó y no hice caso a las advertencias. Con cuatro meses de embarazo, tristemente, perdí al bebe.

-Después de aquel episodio, mi relación con Enzo no era la misma. Yo sentía que él silenciosamente me culpaba por lo sucedido, y fui yo misma, quien tomó la iniciativa de un alejamiento – en principio, temporal pero al fin de cuentas se hizo permanente. Enzo comenzó a viajar y se ausentaba por largos periodos de tiempo. Un día, yo misma resolví que lo nuestro tenía que definirse y le presente los papeles de divorcio.

Enzo no quería divorciarse. Él decía que con el tiempo, las cosas se arreglarían entre nosotros, pero yo tenía que liberar toda esa pena y esa carga. Y así fue que nos divorciamos y ya nunca más volví a tratar con él.

Sus ojos se llenaron de lágrimas y fue fácil comprender que detrás de la máscara de introspección con la que Mariana se movía, había una mujer apesadumbrada por el dolor de no haber podido conllevar su maternidad y enraizar una familia.

Amanda la estrechó entre sus brazos fuertemente, sabiendo que no existían palabras para contener la amargura de ese vacío que la esclavizaba.

Ella tímidamente se retiró, como queriendo disimular coraje a su oculta pena.

Sus ojos se habían limpiado con este relato de intimidad que ahora compartía con otra mujer.

Y su mirada se subyugaba pacíficamente.

Amanda también sintió en ese momento, cierta aflicción por Enzo, quien no había podido realizar el sueño de ser padre.

Se preguntaba en sus cavilaciones interiores, si acaso Enzo habría dado por imposible ya aquel sueño.

El encargo de la comida estaba listo ya y se dispusieron a conseguir el resto de pedidos para la celebración de la tarde.

A partir de aquella confidencia, que se había manifestado por casualidad y en forma muy espontánea, ahora, existía una especie de alianza entre estas dos mujeres.

Amanda podía comprender el dolor que secretamente guardaba Mariana en su interior y que la abstraía socialmente.

Al llegar a la oficina, encontró una notita de Ramiro sobre su escritorio.

Decía: "Quiero celebrar a solas contigo"... ¿salimos esta noche?

Se puso contenta al ver nuevamente una carita feliz que le indicaba que Ramiro estaba persiguiendo el encuentro con ella con alegría.

A pesar de ello, la historia de Mariana y Enzo la había dejado colgada con profunda consternación.

Quiso distraer su atención a semejante embrollo.

Dulce Sincronía

Realizó sus tareas diarias, dejando preparado el espacio para la celebración del cumpleaños que se sucedería por la tarde.

Por fin, apareció Henry, que sin siquiera sospechar el indicio de la fiesta, y con su habitual despiste, comentó que por ser su cumpleaños, saldrían más temprano aquel día.

Con complicidad y algarabía, lo sorprendieron con la comilona! Ramiro apareció también justo para levantar las copas en un caluroso brindis.

De lejos, ella observaba todos sus movimientos.

Él la seducía con su sonrisa irresistible, invitándola a su festejo subversivo.

Sondeando el escenario, le preguntó:

-¿A qué horas te liberas?

Para disimular su agudo interés en ella, y para pasar desapercibida su intención de cita, comentó que su padre por fin, había conseguido...'el alternador', una de las piezas que le hacía falta para terminar con el arreglo de su auto.

-Si tienes tiempo esta tarde, podría acompañarte hasta mi casa para que mi padre cambie la pieza en tu carro, y así estés tranquila ya con ese asunto....- Comentó en voz alta, como para no levantar sospechas de su plan oculto...

-Ah! Perfecto! Me parece bien... si quieres quedamos entonces a las seis?

Para esto, ya algunas miradas se elevaban con cierta sentencia, poniendo en evidencia el inminente coqueteo entre ellos.

Amanda no quiso dar paso al insipiente chisme y rápidamente se encerró en su cubículo.

Trabajando en un mismo ambiente, debería ser cuidadosa para no entrar en ningún armado de chismerío al estilo telenovela mejicana y terminar enredada en una maraña de ponzoñosas conjeturas.

Daban diez para las seis y Amanda no quitaba su mirada del teléfono, esperando que Ramiro le avisara donde sería el encuentro.

Disimuladamente espiaba por entre las cortinas a ver si este aparecía.

Por fin, no aguantó más, y decidió llamarlo.

Ramiro no contestaba.

Entonces esperó, mientras acomodaba documentos en su bandeja.

-¿Dónde se habrá metido mi príncipe azul? Conjeturaba.

Pero Ramiro no aparecía por ninguna parte.

-Tal vez con los festejos, olvidó la cita... se consolaba.

Ya los empleados iban despidiéndose y apagando todas las luces del lugar.

Amanda, ya no tenía más excusas para seguir esperando.

Con cierto grado de desconcierto, se dirigió hacia el estacionamiento.

Evitando desanimarse, encendió la radio, buscando algún dial divertido que la distraiga. FM 107.5 - unas guitarras preciosas y la voz legendaria del Trio Los Panchos, entonando melodiosamente "Sin Ti"... la embriagaban por el camino.

El sol se iba poniendo y las marquesinas de neón comenzaban a iluminar la ciudad.

La cita prometida había sido cancelada sin previo aviso.

Al regresar a su casa, su grabadora acusaba: cero mensajes...

Amanda suspiró elocuente; se cambió de ropa, calzó sus Nike gastadas, y salió a correr.

Necesitaba despejar el estrés, y especialmente, no quería quedarse estática ante el teléfono esperando la llamada de Ramiro.

Había alcanzado a correr casi media cuadra, cuando recordó que Anita, -una compañera del trabajo-, le había ofrecido una invitación para relajarse una tarde en un spa.

-Brillante idea! – Eso es justo lo que me hace falta! - Y apurada regresó a buscar el folleto que Anita le había entregado con toda la información.

Tomó el teléfono y a pesar de la hora, consiguió que le guardasen un espacio para un masaje renovador.

Había sido un día intenso y con la ansiedad en su cuerpo, este sería el remedio perfecto.

Diseñado por el famoso arquitecto Morris Lapidus y con una mezcla de glamour de la era dorada y lujuriosa arquitectura moderna, el Fountainbleau Resort de Miami Beach, es uno de los iconos hoteleros favorito, elegido por miles de turistas.

En el elegante Lapis Spa, Amanda se rendía a sus pensamientos y reflexiones interiores.

A pesar de su ansiedad desbordada y del consecuente plantón de Ramiro, su día culminaba con aceites aromáticos de lavanda y manzanilla y calmantes tisanas orientales.

Picante como wasabi

El masaje de la noche anterior, había logrado restaurar su energía y su optimismo.

Se levantó con buen ánimo y se acercó a la playa.

Íntimamente, bregaba la ilusión de encontrarse con Enzo nuevamente.

Aquella historia, colmada de misterio y comprometidas suposiciones, la despistaba.

Sentía la necesidad de corroborar la historia de ese hombre que el destino se empeñaba en acercar a su vida.

Apenas asomaban los primeros rayos de sol, donde la playa se encontraba mansa y expectante.

Amanda dio un par de vueltas por la orilla sin novedad aparente. Marchó entonces para el trabajo.

Al llegar y casi en la entrada, Mariana Falco, la interceptó nerviosa.

-Qué bueno que ya estés aquí! Necesito que me facilites el teléfono móvil de Enzo! Pues lo he estado llamando toda la mañana y no responde...-prosiguió.

-Bueno, pues sí, claro, lo buscaré, pero dime, ¿sucedió algo? Te ves muy ansiosa Mariana!

-Una amiga que tenemos en común, me ha llamado esta mañana desde Italia para avisarme que mi ex suegra ha fallecido; intenté hablar con Enzo, pero no responde al número de su oficina y pues no tengo su móvil. Recordé que te había acercado a tu casa aquella noche del Murano....-descargó con mirada acusadora...

-Tranquilízate! No estoy segura de tenerlo encima, pero lo buscaré.

No quiso apresurarse, ni comprometerse demasiado.

Hasta donde ella recordaba, Enzo, tal vez no tendría intenciones de hablar con su ex, o de que ella tuviese acceso a su número privado.

Pensó que 'casualmente' esa sería una oportunidad para hablar directamente con él...

Entró a su despacho y sin madurar el pensamiento, tomó el teléfono y lo llamó.

Enzo respondió inquietante. –¿Amanda?

-Hola Enzo, antes que nada, disculpa que te llame, es que Mariana, que trabaja en mi misma oficina, me ha solicitado tu número móvil, y pues quería cerciorarme que tú estuvieras de acuerdo, antes de facilitárselo. –

Se notaba que estaba en conmoción.

Hizo una pausa. – Es que mi madre ha fallecido hoy.

Y se le recortó la voz.

Se sentía que estaba aguantando el inminente llanto contenido.

-Oh, cuánto lo siento!, de verdad! Imagino tu tristeza en este momento! – Menos mal que Amanda contaba con el preaviso de la situación, y sospechaba una respuesta similar.

-Si puedo acompañarte o ayudarte de algún modo, cuenta conmigo. Lo tranquilizó amablemente.

-Escuchar tu voz me tranquiliza. Gracias por este llamado! Mi relación con Mariana no es la más oportuna, en este momento. Yo la llamaré luego, pero por favor, te agradecería que evites darle mi número particular.

Y comentó que viajaría en unas horas; pero que le gustaría más adelante tener una conversación más profunda con ella.

Amanda se mostró comprensiva y cordial, dejó abierta la posibilidad de un futuro encuentro.

Si bien, este reencuentro, venía de la mano de una desafortunada desgracia; pensaba que había sido provechoso aquel llamado fortuito que en forma sincrónica, se alineaba con sus deseos escondidos de saber sobre él.

Seguramente, habría explicaciones y respuestas a todas sus fantasmagóricas incógnitas.

Ahora solo tendría que lidiar con la obsesiva Mariana para no darle el teléfono, según lo que habían convenido.

Ya se le ocurriría alguna buena excusa, para evitar comprometerse.

Paralelamente, no había tenido noticias de Ramiro.

Al parecer, se lo había tragado la tierra!

Se acercó a su despacho, con la intención de confrontarlo, pero la puerta permanecía cerrada.

Preguntó en forma sutil, si alguien sabía dónde se encontraría.

Pero nadie respondió con ninguna pista certera.

Le fastidiaba, que Ramiro la haya dejado plantada la noche anterior, y luego sumado a eso, ni siquiera la llamase para disculparse.

Dulce Sincronía

El trono en el cual había colocado a su príncipe azul, a medida que pasaban las horas, se iba desintegrando.

-¿Le habrá sucedido algo grave?

...y de ser así, ¿qué tan grave sería como para no haberle permitido siquiera una corta llamada telefónica cancelando la cita convenida?

Intentaba justificar posibles escenarios en su mente.

Contra viento y marea, deseaba sostener una actitud más bien optimista sobre esa impronta relación.

Sería tan fácil dar con la verdad del asunto!, si solo se animase a llamarlo....

Pero no!... no seré yo quien lo llame! – se negaba.

Amanda era un tanto orgullosa y se resistía a demostrar sus verdaderos sentimientos.

Quería proteger su corazón y sentía que exponiendo su denodado interés, dejaba su esencia más íntima, al desnudo.

Varias veces, levantó el teléfono con la osadía de hablar con él, escuchar por fin su voz, y despejar los nubarrones cargados de dudas y temores que ahora obscurecían su día.

Pero, - pensará que soy otra obsesiva! – se reirá de mi.... Mejor esperaré a que él se comunique conmigo. -

Esos pensamientos desencontrados, la fustigaron durante la tarde.

Su jefe, que sin advertir el motivo, había percibido su notoria ansiedad, extendió su invitación a cenar junto con su esposa Wendy.

A pedido de las damas, comida japonesa en Shibui Sushi.

Una petit geisha japonesa en fabuloso atavío, les dio la bienvenida y prolijamente, los acomodó, en las mesas bajas del Tatami Room, sobre elegantes colchonetas de seda carmesí.

El lugar estaba iluminado con lámparas de papel y velas flotantes que enmarcaban un estilo moderno de feng shui muy relajante.

Wendy con su pesada barriga de aproximadamente siete meses de embarazo, se recostaba sobre su esposo mientras juntos, miraban el menú.

Amanda aprovechó para levantarse y acercarse al toilette, dejando un espacio de intimidad a la flamante pareja.

Pero miren lo que son las casualidades!

Oportunas o no, se suceden súbitamente cuando menos lo esperamos.

Al instante que Amanda ingresaba al baño, por el pasillo lateral, observaba a Ramiro ingresando al restaurant acompañado de una joven y esbelta muchachita.

Dulce Sincronía

Con sus ojos desorbitados ante semejante sorpresa, de pronto, parpadeó intermitente, buscando un enfoque más afinado; queriendo lubricar su mirada descolocada.

¿Cuánto tiempo transcurre en un parpadeo?

¿Un segundo?

¿Quince segundos?

¿Una eternidad?

Para quien la sorpresa lo despierta, es sólo un instante pulsado en un ahhh...seguido de un abrelaboca en fascinación.

Si la sorpresa no es muy alentadora, será seguido de una punzada en el estómago y un tragasaliva apurado y amargo.

Para quien la pena sobreviene, un instante más pesado, seguido de un pffzzzz ...y un rictus espasmódico.

Para Amanda, fue un pulso lo suficientemente potente como para dejarla inmóvil como un animal embalsamado.

Un rayo la había atravesado de par en par.

En ese parpadeo, perdió toda dirección a su itinerario.

Necesitaba que su GPS interior, recalculara la ruta; pues no sabía en ese momento si entrar en el toilette, si regresar a la mesa, marcharse...o acercarse a Ramiro en evidencia.

Lo cierto es que tenía que salir de ese estado cataléptico, antes que alguien se diera cuenta.

Afortunadamente, Ramiro aun no la había divisado.

Podía incluso llegar a marcharse del lugar, sin que este lo advirtiera.

Apoyó su cuerpo caliente y tembloroso contra el frío de la pared del baño, buscando el equilibrio perdido.

Aún no había probado bocado y su estómago estaba totalmente revuelto en nauseas.

-¿Que hago!? Dios mío! Que tonta he sido al confiar en él!-

Enjuagó sus manos e intentó sobrellevar el susto de forma coherente.

Se miró en el espejo, y con coraje, regresó a su mesa, sin poner más énfasis en lo sucedido.

Henry se adelantó a recibirla en el pallier, y con voz casi sarcástica, comentó:

-¿A que no sabes con quien nos hemos cruzado? –

- Ni la menor idea! -Sugirió con una falsa e incipiente sonrisa, mientras ubicaba sus piernas entre los cojines.

- Con el mismísimo Ramiro López!

-Vaya sorpresa!...ejem...

-¿En qué mesa está? Respondió haciéndose la distraída y mirando el sitio, de lado a lado.

-Se ha marchado ya! Estaba junto a una señorita muy bonita y otros tres señores orientales. Al parecer estaba gestionando la venta de una propiedad con unos inversores privados. Pero no tenían mesas reservadas y decidieron buscar otro restaurant.

-Pues que pena entonces! Comentó irónicamente y como si aquello no le importara en absoluto.

-Pues sí, estaba a punto de decirle que tú también estabas aquí con nosotros, pero no dio tiempo, porque justo lo interrumpieron y se marchó apurado.

-Bueno, pues que le vaya muy bien! Y con una mirada superflua y mundanal, apoyo su mano sobre su mejilla derecha, y se sumergió en los caracteres japoneses del menú.

Ahora sí que todo se le revolvía por dentro!

Daba igual ordenar un plato de Hirame Tamago Nabitashi o comerse una cucharada entera de wasabi crudo!

Todo le quemaba en el paladar de sus pensamientos!

Pero lo que más la encendía en ese momento, era no haber podido verle la cara de mojigato que tendría Ramiro.

-Vaya descarado! -Seguía encendiéndose por dentro mientras acomodaba los palitos en su mano.

Con un cordial y disimulado gesto, comentó a Wendy que no tenía demasiado apetito y la charla se derivó en ameno intercambio sobre una reunión que celebrarían en su casa para armar el ajuar de su bebe.

Aquella, había sido una larga jornada repleta de emociones.

Amanda tenía una melange infernal en su cabeza.

Desde la perturbación ulterior al enterarse de la muerte de la pobre Signora di Rossi, q.e.p.d; el reencuentro telefónico emotivo, con Enzo; el desencuentro y posterior y sorpresivo desenlace con Ramiro! Ufff....Que día! Que termine por favor!....

Doble shot de té de tilo con miel para mí!

Inhaaalo y exxxhaaalo... ppffff.....Om....om...om

Intentaba bajar el nivel de estrés.

Pero no podía salir del espasmo y la imagen de Ramiro junto a esa muchacha, la perturbaba incesantemente.

Resumía mentalmente a modo de clarificarse: inversores orientales, muchacha acompañándolos, él desaparecido...mmm.... le daba mala espina todo aquello!...

Por fin cerró sus ojos y se rindió al cansancio.

Se despertó casi sobre la hora.

De prisa marchó para el trabajo.

A pesar del bajón de la noche anterior, se sentía un poco más optimista y mientras manejaba, iba pensando que al llegar, llamaría a Ramiro y trataría de averiguar sobre sus movimientos.

Ni bien cruzó la puerta, la secretaria del piso, la recibió con alegría.

Muy sonriente le dijo: - Han dejado un paquete para ti - y le extendió una cajita.

Imaginó que la mujer se moría de ganas de averiguar que tendría dentro.

Pero Amanda, prudentemente, recogió el paquete y marchó para su despacho.

No tenía remitente.

Abrió la caja con muchísima expectativa.

Se encontró con un perrito de peluche que decía "Sorry" – Perdón...

Y al lado una bolsita con dos galletas de la suerte chinas y un sobre con una nota.

Decía: "Mi bella Mandy, no encuentro las palabras para describir lo que siento. Solo quiero que sepas que no te he podido llamar.

Anoche, al terminar de cenar, pase por tu casa para convidarte estas galletas. Estuve aparcado frente a la puerta de entrada por un largo rato. Pero sinceramente, no me animé a tocar el timbre sin haberte avisado previamente.

Perdóname!...y ojalá que tu tengas más suerte que yo..."
Ramiro.

Amanda asombrada, releyó una vez más la nota, pero seguía sin comprender.

¿Se estaría despidiendo diplomáticamente?

La nota sonaba un poco dramática y con una dosis de pesimismo.

Mmm...tendré que averiguar qué le sucede a este hombre!

Ahora se sentía más confundida que antes!

Tomó el teléfono y sin dar mucha vuelta, lo llamó.

-Buenos días Ramiro! Gracias por el regalito. No te hubieses molestado...

-Hola Amanda! ¿Cómo estás? – He tenido unos días muy estresantes, no he parado ni un segundo! Pero he pensado mucho en ti...

¿Y tú? – Se le notaba en la voz mucha alegría

-Yo he estado también ocupada y a decir verdad, un tanto molesta contigo, por no saber de ti...

-Sí, claro, tienes razón!... Discúlpame! Me gustaría verte personalmente luego. ¿Crees que podrás?

Amanda dudó por un instante si aceptar o no.

Dulce Sincronía

Pero internamente se moría de ganas de verlo!

-Creo que sí. Pero esta vez no me hagas la pera!...

-No; prometo cumplirte como un caballero.

Y acordaron cita para verse por la tarde.

El día se le hacía larguísimo, esperando el encuentro con Ramiro.

Esta vez, Amanda eligió un lugar de encuentro más informal donde pudiese entretenerse en caso de cancelación.

-No vaya a ser que otra vez me deje de paso!

Pues quedaron en la librería Barnes & Noble de la Sunset Drive.

Salió incluso con más tiempo, para revisar algunos libros.

Al llegar, Ramiro levantó su mano, saludándola.

Al parecer, esta vez se aseguró de estar a horario!

Al verlo, su corazón latía con fuerza.

Ramiro estaba vestido muy elegantemente.

La saludó muy emotivamente y alegre.

Amanda quería disimular la algarabía que le producía verlo, pero era notable el efecto que tenía sobre su piel.

Sus ojitos brillaban como estrellitas en el cielo y sus pasos se entorpecían en su andar hipnótico.

Lo que había comenzado con una inocente mirada, se había transformado en un intercambio energético sublime.

Nada más él posar su mirada sobre ella, para sentir un impulso electromagnético irresistible sobre todo su cuerpo.

Las ondas vibratorias que emanaban del cuerpo de Ramiro, se fundían en la misma frecuencia y resonancia que las pulsaciones en el corazón de Amanda.

Ambos querían guardar los buenos modales y ser recatados en la manera de expresar lo que sentían.

Pero era tan fuerte esa alquimia que se producía entre ellos, al estar juntos, que sus ombligos se arremolinaban centrífugamente como la turbina de un avión.

El sonido del amor, los aturdía de tal manera que les quitaba el murmullo a sus bocas, dejándolos mudos, sordos y temblando de emoción.

Los ojos de Amanda, resplandecían como el sol a media mañana y su cuerpo se contorneaba en el elixir afrodisiaco del vaivén de sus generosas caderas.

Ramiro se sentía feliz al abrazarla.

Al ver su sonrisa, olvidó por completo todas las preocupaciones que el ajetreado día le imponía.

Dulce Sincronía

A su lado, los problemas desaparecían y su mente se vigorizaba instantáneamente de modo que, nada parecía ser un obstáculo insuperable.

Con los brazos colgados sobre su cuello, en ese instante comprendió que Amanda sería la mujer que lo colmaría de felicidad por el resto de sus días.

Casi al unísono, Amanda conjeturaba el mismo sentimiento en su interior.

Sin importarles cuanta gente había a su alrededor, se besaron apasionadamente.

Quedaron suspendidos en una burbuja etérica, permeable a los ruidos externos del lugar.

Dentro de ella, sólo se escuchaba el latido de sus corazones y su respiración agitada que los embriagaba en forma de espiral y los propulsaba en un rítmico tono vibracional.

Sentían que su yin y su yang, encajaban perfectamente.

No cabían en ese momento, las palabras para procesar aquel encuentro.

Los dos sólo sonreían hechizados y felices.

Salieron del lugar casi sonámbulos y alborotados de pasión.

¿Cuál sería la dirección que tomarían?

No lo sabían.

Pero tenían la indiscutible y rotunda certeza de saber que no importaba si fuera al Norte, al Este, o al Sur; ellos estarían juntos!

La noche los sorprendió caminando por una empedrada calle de Coconut Grove.

Sus manos calientes y transpiradas, como pegadas con plasticola, se entrelazaban ardientes.

La certeza es una energía que nos llega desde las entrañas y nos dice: Sí, con letras mayúsculas.

El amor es una certeza.

O lo sientes, o no lo sientes.

Al instante que vibra esa confirmación honda y contundente dentro de ti, reconoces el encuentro de los sentimientos en perfecta sincronía.

Sentimos el corazón alineado a un orden supremo.

La fuerza del amor nos hace sentir afortunados y en cada gesto encontramos nuestro trébol de cuatro hojas, nuestro boleto capicúa, ahora suspendido en el cristal del tiempo.

El impulso que nos lleva a desnudar el alma para exponer así el cuerpo en total entrega a las caricias y a los besos del compañero, sin menor pudor; sin miedo a ser lastimados.

Con la osadía y con la ilusión de disfrutar el dulce sabor de la eternidad juntos.

Dulce Sincronía

Ramiro, sujetado a su cintura como un pulpo, sentía sus manos resbalar sobre el vestido de Amanda.

Desde la primera vez que la vio, había notado las enigmáticas curvas de sus gentiles caderas.

Varias veces, se había quedado estupefacto mirando su rítmico vaivén, parecido al oleaje tibio del mar.

Teniéndolas al alcance de sus dedos, el impulso era irresistible.

Solo deseaba acariciarla, besarla y hacerla feliz.

Como subidos a un tren expreso, marcharon sin escala al encuentro con sus cuerpos al desnudo, que al contemplarlos, se reflejaban el uno en la retina del otro, como dos espejos cristalinos.

En el penúltimo atardecer de neón, sus cuerpos se embriagaban ardientes de pasión y fusionaban sus almas palpitantes en un destino de comunión sublime.

Sus gemidos ardientes de deseos se amalgamaban en celestinos arcoíris de plata.

La luna sonreía victoriosa, mientras Amanda y Ramiro se rendían al amor.

Encrucijada

Cuando alineamos nuestro karma al destino de la vida, todo se sucede rápidamente.

Las carreteras de nuestra existencia, parecen correr con todos los semáforos en verde y sin obstáculos y en forma repentina, llegamos a los cruces que definen nuestro recorrido velozmente.

Luego de aquella fusión venturosa que los había unido proverbialmente y sin resistencia, Amanda y Ramiro celebraron su compromiso de amor y tres meses después lo sellaban felices y radiantes en una sacramental ceremonia al aire libre, en una tarde templada de primavera, junto al mar.

Amanda recordaba con lujo de detalles la travesía que la había conducido hacia el altar sagrado del matrimonio.

¿Quién se hubiera imaginado jamás, que la clave al acertijo de su heterogénea historia personal, se encontraría escondida bajo las cálidas arenas de la Ciudad Mágica?

Ella, inocente ni lo sospechaba.

Tampoco sospechaba el repentino cruce de caminos que la aguardaba.

Llevaban poco tiempo de casados, cuando George W Bush anunciaba la inminente invasión de Iraq.

Ramiro fue llamado por las Fuerzas del Consejo de Seguridad de Naciones Unidas para apoyar la misión de Coalición y esta noticia les caía a ambos, como la bomba de Hiroshima.

Pero no había forma de evitar aquel inoportuno desenlace.

Y en un santiamén, el timón de su barca dio un giro de 360 grados hacia lo desconocido.

En ese momento, Amanda llevaba cuatro meses de embarazo, y apenas estaban consolidando ese nuevo proyecto familiar, cuando en forma abrupta e inesperada, Ramiro tuvo que partir.

Ahora el destino los dirigía a un territorio de aguas peligrosas y arenas movedizas que amenazaban su supervivencia vorazmente.

Dado a que él tendría un compromiso con las Fuerzas durante aquellos próximos meses, habían hecho arreglos para que Amanda se quedara en un punto geográfico más cercano y conveniente al de Ramiro.

Fue así entonces, que ambos viajaron a Europa, de donde Ramiro se desplazaría a Iraq y Amanda lo aguardaría hasta su regreso.

Todo el panorama era muy delicado y confuso a la vez.

Cualquier decisión que tomasen en ese momento, los apesadumbraba de alguna u otra manera, porque lo cierto era que tendrían que estar separados.

Cosa que les quemaba el alma y disecaba sus espíritus lentamente.

Pero no había tiempo de programar caminos alternativos; la sombra de esa guerra los sorprendía en medio de una emboscada, que apenas les dejaba adivinar su repentino itinerario.

Ahora más que nunca necesitaban una sobredosis de esa Fe de la cual hablaba Doña Cecilia!

Pues sin ella, sería imposible atravesar ese trayecto borrascoso en el océano de sus vidas.

Amanda estaba enojada con Dios y con sus guías, y entre sollozos amenazaba al cielo con invocar a los demonios y hasta al mismísimo Lucifer si fuera necesario.

-Pero por favor no! No se lleven a mi Ramiro... así no! No ahora, no nunca!

Temblaba de miedo ante la encrucijada de tener que separarse de su amor.

Ese inmenso amor que ahora se evidenciaba dentro de su vientre y que Ramiro abrazaba con sus dos manos como queriéndolo arrullar y proteger contra los peligros de ese efímero presente que los castigaba sin motivos.

Aquella mañana hostil, los pájaros no se inspiraban en canciones de despedida.

Tampoco Amanda lograba salir del espasmo que la abstraía enmudecida.

Cualquier intento de pronunciar alguna palabra, desembocaba en un torrente acaudalado de lágrimas amargas.

Ramiro intentaba poner una cuota de optimismo al ambiente de tensión que los rodeaba, y soltaba algunas bromas sutiles, con el ánimo de que Amanda pudiera relajar su oscuro rictus, mientras con sus manos, acariciaba aquella incipiente barriga.

Pero nada parecía avivar sus ganas.

Amanda estaba inmóvil, como una lechuza gris, sufriendo aquella cruel y malévola separación por adelantado.

La mudanza no se demoró en cristalizarse.

Y en pocos días, estaban sentados en un avión con su último destino en la ciudad de Roma.

Ramiro contaba con sólo dos semanas para establecer a Amanda en ese lugar y luego marcharse para Iraq.

El reloj del tiempo parecía correr con más prisa aquellos días y Saturno se empecinaba en fraguar los días en segundos.

El ritmo de acontecimientos era vertiginoso e imparable.

Ramiro se había esmerado en hacerla sentir bien, al menos esos días que tenían para estar juntos.

Quería que su esposa, al pisar aquel lugar, borrara de su mente y de su corazón, toda preocupación que la tenía en pletórico dolor. Deseaba tener en ese momento una varita mágica que con un leve movimiento, hiciera desaparecer todos sus miedos y esfumara el fantasma de su ausencia.

Había prometido a Amanda, que lo que vendría para ellos, sería "mejor" y estaba resuelto a cumplir aquella promesa a como diera lugar.

Había hecho reservaciones para pasar sus dos primeras noches, en un prestigioso hotel 5 estrellas en pleno centro de la ciudad, y de allí, uno de los oficiales los recogería y ubicaría dentro del recinto diplomático, hasta que Amanda consiguiese un lugar fijo donde quedarse.

Gran Hotel de la Minerva en el corazón de Roma, parecía un palacio encantado sacado de los relatos poéticos de

Dulce Sincronía

Homero en La Odisea. Todos los dioses estampados en esculturales monolitos, daban una majestuosa bienvenida a los López del Caribe.

El lugar era indescriptiblemente fabuloso, pero Amanda no lograba despertar del letargo que la tenía ausente en esos días.

Solo pensaba en Ramiro y la sentencia de aquel destino que se empeñaba en separarlos, y no le importaba un bledo cuanto sucedía a su alrededor, ni que le sirvieran el desayuno en bandeja de plata, ni que la opulencia la deslumbrara al atardecer.

No importa en qué lugar del mundo uno se encuentre, pero si su mente y su corazón vibran en otro voltaje, el equipo de la felicidad no funciona; es como si le presentaran el manjar más exquisito a quien se dobla de un dolor de estómago.

O, le convidaran ceviche a quien no come pescado.

Los esfuerzos que hacía Ramiro por tranquilizar a su mujer, no estaban dando resultados.

Amanda sólo deseaba estar abrazada todo el día a sus huesitos y contener cada minuto dentro de una burbuja eterna que lo estirase hasta el infinito.

En los días que se sucedieron, ni lograron salir del opulento palacete.

Apenas habían dado una milimétrica vuelta por los alrededores, y junto a la famosa Fontana di Trevi, Ramiro y

Amanda López juraron cuidarse mutuamente y no pelear más con el azar, sino abrazarlo con bracitos aterciopelados para que pronto, este, los volviese a reunir.

Al cabo de unos días, ya Amanda lograba sentirse más relajada y su despedida fue serena y asumida.

Amanda ahora tenía por delante, una nueva página en blanco para escribir los recorridos de su vida y esa sensación de expectativa la consolaba.

En los meses que se sucedieron entonces, Amanda logró ubicarse en un nuevo apartamento, mientras tanto, Ramiro le enviaba tarjetas postales desde Iraq, donde esbozaba diferentes nombres para su bebe y en graciosas caricaturas, dibujaba a Amanda con su saliente tripa y su sonrisa dorada.

Aquella mañana fría de otoño, el sol la despertó en medio de una ciudad antigua y extraña.

Amanda sabía que tendría que agotar sus días pensando en su bebe que era la única situación que le traía calma y sosiego.

Hasta ese momento, no sabía si el ser que ocupaba el espacio interior de su vientre, sería niño o niña, aunque intuía, e internamente deseaba, que fuese una niña.

En una de las citas al médico, conoció a una muchacha italiana muy simpática de nombre Paola, que también tenía su esposo en el ejército y casualmente les habían dado la misma fecha probable de parto.

Paola y Amanda se entretenían armando el ajuar para sus bebes e imaginando como serían sus caritas al nacer.

Paola tenía una familia grande.

Tres hermanas y dos hermanos, todos casados con sus respectivos hijos.

Sus padres Don Ángelo y Doña Cora, solían invitar a Amanda, especialmente los días domingo, a comer la deliciosa pasta asciutta. Su favorita: spaghetti alla carbonara.

Poquito a poco, Amanda iba ambientándose al nuevo escenario y consolidando algunas nuevas amistades que lograban distraer su repulsiva soledad.

Pina, una de las hermanas de Paola, vivía en Arsoli y le había extendido su invitación a pasar un fin de semana en su casa, donde se festejaba la Settimana dell'Arte e del Folklore; una fiesta folklórica tradicional, donde participan distintas comarcas con sus platos típicos regionales y también internacionales.

Paola pasó a recogerla y juntas se acercaron a casa de los Morelli para luego por la tarde, todos asistir al festival.

Pero miren lo que son las vueltas del destino, ¿quién se iba a imaginar, que en una ciudad tan grande y tan lejos, Amanda se encontraría por casualidad, con un viejo amigo?

Estaban las tres mujeres en pleno coloquio femenino, sentadas tomando café en Piazza Valeria, cuando de pronto,

Amanda observó unos ojos penetrantes que la miraban perplejos.

Se acercó para comprobar que eran unos ojos mucho más luminosos de cerca y que esa mirada, pertenecía a alguien conocido.

-Amanda! Que sorpresa!- ¿ qué haces aquí?!˜

-¡Enzoooo?! No lo puedo creer!... Vaya inesperada sorpresa!...

Amanda sintió su corazón exacerbado de emoción.

Se abrazaron vibrantemente y sus ojitos chispeaban algunas lagrimitas de alegría y exaltación.

-La historia es larga, pero básicamente te cuento que estoy viviendo aquí ahora, mejor dicho, a unos treinta minutos de aquí en Tivoli.

-Sigo pensando en la cantidad de veces que tú y yo nos hemos encontrado por casualidad y no me lo creo!... esto es totalmente apoteósico!

-¿Y tú? ¿Qué haces aquí?

-Tengo parte de mi familia viviendo aquí cerca y una de mis sobrinas, se casa la próxima semana; he venido a una de las prácticas para la boda, porque me ha elegido de padrino. Pero vivo en Roma en este momento... tu.... te ves esplendida!, como siempre! Y por lo visto el embarazo te asienta muy bien. ¿Para cuándo esperas? – le temblaba la voz de la emoción mientras observaba su cuerpo embarazado de pies a cabeza.

-Ya prácticamente estoy en fecha. No se nota mucho la barriga porque he estado muy descompuesta estos meses, pero espero que todo salga bien. –Contestó Amanda, acariciando y evidenciando su preñez.

-Claro! Así será! – y ¿dónde está tu esposo?...me imagino lo feliz que debe estar...

-Bueno, mi esposo no está aquí....

-¿Te has separado?

-No, para nada! Sólo que mi esposo está cumpliendo servicios para la NATO y no está aquí en este momento; tampoco sabe, lamentablemente, cuándo podrá regresar.

-Cuanto lo siento Amanda! Pero no te aflijas! Seguro que Dios tiene buenos planes para ti.- y sonrió cómplice con su rostro iluminado.

-Quiero creer eso y ojalá que todo salga bien. Debo admitir que estando sola se hace difícil llevar esto adelante.

-No estarás sola! Ya verás...

Y en gesto simpático, con sus dedos aprisionó la nariz de Amanda, robándole una infantil sonrisa.

-Disculpa que no te he presentado a mis amigas, Pina y Paola Morelli.

- Enzo Rossi, encantado! Me alegro que Amanda tenga buenas amigas - Las saludó a ambas con un doble beso como era su costumbre, y acariciando el hombro de Amanda cariñosamente, agregó:

-Mira, te dejaré mi número privado y también el de mi sobrina por si necesitas algo, la pondré al tanto sobre ti y por favor... llámame!

-Así lo haré! Y tú te ves también muy bien; los años parecen no pasar para ti...

-Cuídate Amanda y avísame cuando nazca tu bebe, me gustará conocerlo.

-Si claro! Por supuesto que te llamare! Adiós Enzo!

-Ciao Bella!

Y se despidieron calurosamente.

Amanda no podía salir de su asombro, al mismo tiempo que pensaba en la Divina Providencia que le tendía una mano conocida en un momento tan particular.

Alzó sus cejas mirando al cielo, en mirada inquisitiva y brevemente compartió con sus amigas, que Enzo Rossi era un viejo amigo y que se sentía feliz de encontrarlo 'por casualidad'.

Dulce Sincronía

Luego de aquel legendario incidente vivido en el Ritz con su amigo Santiago Farrel, siempre había quedado pendiente entre ellos una conversación.

Pero la vida los había llevado por diferentes rumbos y Amanda no había vuelto a llamarlo o saber de él.

Cuando contrajo matrimonio con Ramiro, ambos se alejaron de la firma inmobiliaria y lo último que supo sobre Enzo, era que luego del fallecimiento de su madre, había tenido que regresar a Italia para encargarse de su sucesión. Eso era todo.

Pero jamás pasó por su cabeza, ni en ensueños, que pudiese encontrarlo nuevamente!

Amanda sostenía el papelito con el número telefónico tratando de encontrar alguna 'clave' que le diera la pista al motivo por el cual se lo encontraba una y otra vez, pero no podía resolver ese incongruente enigma.

Pegó el número sobre la puerta de la heladera para que no se le pierda, cerró sus ojos y respiró el aroma del perfume de Enzo, que desde la tarde, había quedado impregnado en su nariz.

Enzo siempre olía bien.

Le gustaba vestir muy a la moda y sus perfumes eran exóticos y refinados.

Los aromas, guardan en su memoria, la esencia de nuestro mundo desde el inicio.

En pulsos de transmisores y receptores, viajan a través del olfato directamente a nuestro cerebro y allí se alojan como memorias imborrables de olores y fragancias percibidos.

Nada más cerrar los ojos unos instantes, para conectar con estos transmisores, y recordar alguna fragancia que nos relacione con tal o cual situación.

Es a través de ellos, que solemos dar forma a las imágenes de cada película en nuestra mente, recreándolos en el pensamiento.

Amanda comenzó a viajar intergalácticamente, haciendo un recorrido por los distintos aromas de su vida.

Alzó sus pies en el sofá y acomodó una almohada entre sus piernas, para que su barriga descansara de la larga caminata de aquel día; cerró sus ojos suavemente y estirando la nariz, y respirando profundamente, podía ahora recrear en su mente, el delicioso y dulce olor a los jazmines del patio de la casa de la abuela Checha en Nochebuena; el olor a café recién colado por las mañanas, en casa de sus suegros, en Miami; el aroma humeante de las empanadas recién horneadas en el horno de barro en la quinta de Jujuy; el olor a madrugadas con leche recién ordeñada en casa de la tía del campo en Cañuelas; el olor a torta fritas que preparaba su mamá, por las tardes en Buenos Aires.

Cada uno de esos aromas formaba parte de su estructura de ser.

Pues sin ellos, no sería ella misma.

Todas sus células se movilizaban al revivir cada una de esas fragancias.

Y cuántos olores guardamos en nuestros registros?!

A ver, cierra tus ojos en este momento y verifica alguno de esos olores dentro de tu memoria...

Para Ángela es el olor a tierra mojada después de la tormenta; para Elizabeth es el olor de las violetas recién cortadas de su jardín; para Cleopatra es el aroma a nardos del Nilo, para Francesca es el perfume a colonia de bebe de lavandas que usaban sus hijos cuando eran pequeños.

Todos y cada quien, nos identificamos con algún aroma en particular.

Qué fácil podemos entrar en esos registros de la mano de nuestros aromas, ¿verdad?

Sin embargo, aunque esos aromas permanezcan allí, no somos conscientes de tenerlos... no pasamos todo el día recordándolos, a no ser que algo los active para traerlos al presente nuevamente y darles vida.

Y su internacional recorrido por los aromas de su mente, desembocaron en el aroma que había quedado impregnado en su nariz, desde hacía ya unos cuantos meses... el aroma a Ramiro!

Este era un aroma muy particular, no era de esas fragancias que se muestran con banda de acordeón, ni tampoco era empalagoso ni extravagante.

Era más bien una fragancia suave, cálida, tímida.

Era una mezcla de naranjos con un toque de vainilla quizás, pero una fragancia que la embriagaba sutilmente y desde lejos.

Una fragancia que, en ese departamento casi vacío y con olor a ausencias, extrañaba a morir.

Sus ojos se apagaban en la espera de la noche y su barriga redonda se desparramaba sobre la cama, noblemente.

Victoria

Por fin, Amanda, había podido descansar bien aquella noche.

Se asomó por la ventana, y corrió las cortinas lentamente, observando los transeúntes y el tráfico que desde temprano se oía alborotado.

Desde el amanecer se olía un omnipresente aroma a café que parecía arrancarla de entre las sábanas con impetuoso júbilo.

Se acomodó en la orilla de la cama y comentó en voz alta:

-Buenos días capullito!, a que tienes hambre! Verdad? Mmm qué rico olor a café recién colado!...haremos unas tostaditas con miel...te gustaría?...-

Apoyó sus dos manos en la cintura y acariciando su redondez, se acercó hacia el espejo para observarse.

Su vientre había bajado considerablemente por la noche y sentía que aquel retoño abultadito en su panza, comenzaba a florecer y estaba pronto a salir.

Uno a uno, fue contando los dedos de su mano, apoyada sobre el abdomen, desde sus pechos hasta donde comenzaba a notar el cuerpecito del bebe.

Le habían dicho que la distancia de dos manos, era la medida perfecta que auguraba el alumbramiento.

-Ocho, nueve, diez...y todavía cabían dos más...

Al hacer este movimiento, sentía una sensación distinta y a la vez conocida, que estremecía todo su cuerpo.

Se sintió feliz y esférica como una luna llena.

Aquella era una felicidad diferente.

Una felicidad divina!

Algo que jamás olvidaría.

El sentimiento de autenticidad que la unía con ese pequeño Ser que latía a ritmo acelerado dentro suyo, era algo maravilloso y cautivador a la vez.

Sonreía ante el espejo con su cara redonda y sus ojitos chispeantes, llenos de esperanza.

Dulce Sincronía

Por fin había llegado ese momento tan esperado!

No tenía dolores fuertes.

Apenas sentía una pulsación intensa en los huesos de sus caderas y un calor fuerte que le recorría por su espalda como quemándola.

No obstante eso, Amanda sabía que ya estaba comenzando el trabajo de parto.

Contrario a lo que todas las mujeres le habían vaticinado, ella se sentía mejor que nunca!

Con una fuerza vital en su interior que la impulsaba a atravesar ese trance con dinamismo.

Ansiosa, tomó el teléfono y marcó el número de Paola.

-Pronto! -

-Buon giorno Paola! - y atolondradamente prosiguió: -Creo que mi bebe nacerá hoy! Estoy comenzando a sentir que ya quiere salir de mi vientre.

-¿De veras? - qué emoción Amanda! Y...¿cómo te sientes? ¿Estás muy dolorida? –la voz de Paola era estridente en el teléfono.

-sólo un poco; me siento bien...bueno a decir verdad...tal vez, un poquitín nerviosa y en estos momentos... - hizo una pausa, tratando de encontrar las palabras que se le aprisionaban en la garganta -... desearía que Ramiro estuviese aquí...

-No te preocupes, todo pasará rápido y seguramente él podrá viajar a verte pronto.

-¿Tienes ya tu bolso preparado? ¿Te sientes lista?

-Sí, sí... tengo todo listo.

-Quisiera que por favor, tú hagas los arreglos en el hospital, por las dudas que yo no entienda lo que me dicen....

En su cabecita trataba de ir chequeando uno a uno aquellos pasos que se tenía estudiado casi de memoria, para recibir a la criatura.

-Sí, ahora mismo lo haré, quédate tranquila por favor.

-También avisaré a Pina y a Fabrizio y en seguida iremos por ti. No te aflijas! – La voz de Paola le transmitía calma y entusiasmo a la vez.

-Ay Paola! Ahora si me están viniendo unos nervios!...

-Calma, todo estará bien...

Y al pronunciar esas palabras, recordó que eran las mismas palabras que le había mencionado Enzo la tarde anterior.

-¿Y si lo llamo? Pensó....

-Creo que me haría sentir mejor, teniéndolo cerca....

Se acercó a la puerta de la heladera a buscar el teléfono de Enzo y dio un par de vueltas en la sala.

Dulce Sincronía

Caminaba en círculos sin poder decidirse.

No sabía qué hacer primero.

Si llamar al médico, al hospital, a la cruz roja para que avisaran a Ramiro... a...sus padres....

-Ay!... que nervios!....

Ahora le corrían unas puntadas por la espalda.

Se sentó en el centro de la cama y comenzó a respirar como le habían enseñado en el curso de primerizas allí mismo en el Hospedale San Giovanni Evangelista.

Esperaría un poco más a que comenzara a sentir las contracciones más fuertes, para llamar a todos.

-¿O mejor lo hago ahora?...

No sabía bien qué hacer primero.

Seguía dando vueltas, de la sala al dormitorio...

Tomó el teléfono en sus manos nuevamente.

-Hola Enzo...., te habla Amanda...

-Sí, hola corazón! – Su voz siempre alegre y vibrante.

No parecía sorprenderse.

Era como si estuviera esperando aquel llamado.

-¿Sabes? Creo que comenzó mi trabajo de parto y voy para el hospital...

- ¿En serio? Qué alegría Amanda!!! ¿Quieres que te acompañe?

-Bueno, no se...si es que puedes...

-Claro! Ahora mismo iré por ti! – y soltó una sonrisa cargada de felicidad, parecía que el tiempo nunca los había separado y que hasta Amanda era pate de su familia!

Todo era tan natural entre ellos.

-Ya hice arreglos con los Morelli para que pasen a recogerme, pero me gustaría que te acercaras tú también por el hospital. Me dará gusto tenerte cerca... Amanda se emocionaba al decirlo.

-Perfecto! Allí estaré Amanda! No tengas miedo! Ten fe! todo saldrá bien!!!

Aquel lenguaje, resonaba como melodiosas citaras en los oídos de Amanda, que más que nunca se sentía en necesidad de que la protegieran y acompañaran.

Abrió sus piernas y tocó su vientre.

La cabecita de su niña iba abriéndose camino.

Respiró hondo y supo que sus ángeles estarían también allí para acompañarla.

-Victoria! Ese será el nombre!

Dulce Sincronía

Como un tibio susurro celestial llegó aquel nombre a sus oídos!...

Es una niña!....lo sé... lo sé...lo sé... gritó fervientemente.

Y seguía repitiendo para sus adentros....

Es una niña!!! Que emoción!

Sus ojos se le llenaron de lagrimitas y se encomendó a la Santa Virgen Madre, a sus guías y ángeles custodios para que la acompañasen al recibimiento de su hija.

Jamás había pensado en ese nombre....

Tenía en mente que podía ser más bien un niño y habían elegido otros nombres...pero ahora el único nombre que vibraba en su cabecita era "Victoria"....

Se recostó en la cama y abrazó la almohada fuertemente.

Si bien que intuía desde su corazón, que todo estaría bien; no dejaba de sentir pesar por la cruda ausencia de Ramiro.

Las contracciones se aceleraban a cada minuto y Paola no aparecía.

La llamó nuevamente.

-¿Paola? ¿Ya están de camino para aquí? Preguntó suplicante.

-Sí, sí, Amanda, sólo que al parecer, hubo un accidente y está todo el tráfico cortado y hay un embotellamiento en la ruta. Tal vez nos demoremos un poco más.

-Me da la impresión, que tendrás que pedir una ambulancia que te alcance al hospital... murmuró sin ánimos de preocupar a Amanda...

-Ay Dios mío!... se afligió.

-No temas, yo puedo ahora mismo, llamar al hospital para que te recojan.

-¿Crees que podrás esperar a que lleguemos?

-Sí, lo intentaré – Amanda respiró profundamente y colgó el teléfono.

Comenzaba a preocuparse a medida que los dolores se intensificaban.

Aún tenía el teléfono entre sus manos, cuando retumbó una llamada entrante.

-¿Cómo estas Amanda? Te habla Enzo. Dirás que estoy ansioso, pero ya estoy en el hospital esperándote....

- Qué bien!, ehhhh....¿Podrías pasar a buscarme por la casa?...es que Paola aun no llega y tal vez....

Enzo la interrumpió: -Ya paso por ti! Dime la dirección..

Amanda de a poco, en su mente, iba atando aquellos cabos sueltos, y sentía que por fin, el enigma de aquellos encuentros fortuitos con Enzo, cobraban forma.

-Gracias Enzo! Tu eres un ángel en la tierra!...

Se recostó nuevamente en la cama y agradeció al cielo por ese momento tan especial.

2.38 de la tarde de ese mismo día soleado, nacía en el Hospedale San Giovanni Evangelista de la ciudad de Tivoli, Victoria Andrea López; una niña blanca como la espuma, con ojitos color de cielo y manitos de nácar.

Amanda era la mamá más feliz de la tierra.

Su mirada ahora destellaba de alegría y su corazón latía gozoso.

Se acomodó sobre el respaldar de la cama en la habitación y con su niña en brazos, estaba lista para presentarla a sus amigos.

Enzo, Paola, Pina y Fabrizio entraron cargados de flores y globos de colores.

Amanda clavó sus ojos mansos en los de Enzo que la miraba cómplice y tiernamente.

-Gracias Enzo! No sabes que oportuno y bien recibido ha sido nuestro reencuentro! Y dio doble beso en sus mejillas sonrojadas.

-Te declaro oficialmente, Padrino de Victoria!¨

-Será un grandísimo honor! Además es bellísima! ¿Me dejas que la cargue?

Enzo estaba en la estratosfera con la niña en sus brazos!...

Tal vez, la pequeña Victoria, había llegado a su vida de manera insospechada para sanar y borrar heridas del pasado.

Sólo Dios sabía el verdadero motivo, pero lo cierto era que tal vez aquella casualidad, no había sido tan casual, y más bien obedecía a un designio programado desde los cielos.

Desde aquel entonces, Enzo formaría parte activa en sus vidas.

Durante el tiempo que vivieron en Europa, Enzo acompañó a los López desde cerca.

Había sido una gran bendición contar con su desinteresada amistad.

Amanda se sentía apoyada por él, especialmente en los periodos que Ramiro se encontraba lejos.

Enzo se había convertido en una especie de tío protector de las niñas que vigilaba de cerca sus pasos y a quien podían llamar en caso de emergencias.

Y pensando en Enzo, Amanda recordó que no lo había llamado para contarle lo del huracán Irene...

Seguramente debe estar muy preocupado por nosotras!

PFff...Suspiró!...

Pero el servicio de luz y teléfono estaba cortado todavía.

Dulce Sincronía

Había llovido torrencialmente durante la noche, pero al parecer, ahora los vientos se habían calmado milagrosamente.

Eran casi las nueve de la mañana y no se escuchaban ruidos en el sótano, salvo el miau-miau de Wiskas que mendigaba su habitual ración de leche.

Amanda se levantó en puntitas de pie, como para no despertar a las niñas que aun dormían plácidamente.

Subió las escaleras, abrió la heladera y con el gato enredado entre sus piernas, tomó un vaso de leche fría.

Todo parecía estar en su lugar.

Ningún viento malo los había logrado arrancar de su morada.

Abrió las cortinas y observó el patio.

Algunos troncos reposaban sobre la grama.

Calzó sus botas y se abrigó con una campera verde camuflada que colgaba en uno de los percheros.

Salió al jardín y comprobó que todo estaba en su mismo sitio.

-Tysonnn!- alzó su voz... Tyyyson....

El perro de la vecina comenzó a ladrar moviendo su cola sin parar.

Estaba feliz de escuchar una voz humana.

Se acercó a tocarle el lomo por entre las rejas.

Los rosales de Martha habían sido triturados por los vientos y la entrada de su casa, se decoraba con pétalos multicolores.

Dio una vuelta verificando que todo estuviese en su sitio.

Tyson seguía sus pasos desde cerca y la olfateaba curioso.

Desde el fondo, vio a Carol que estaba juntando las ramas de unos árboles que yacían en su terreno.

-Buen día Carol! – ¿Cómo están todos? ¿Pasaron bien la noche?

-Hola Amanda! Sí, estamos todos bien. Sólo algunos árboles se han caído...y ¿tú y las niñas?

-Nosotras bien a Dios gracias, no hemos sufrido daños.

-¿Has visto a Michelle?

-Sí, la vi al levantarme, están todos bien.

-Al parecer la temida Irene, ha tenido piedad para con nosotros!

-Menos mal! Ahora esperemos que vuelva el servicio eléctrico.

Amanda siguió camino hasta la esquina de la casa, para verificar que efectivamente, Irene no hubiera dejado huellas lamentables.

Dulce Sincronía

El cielo parecía querer abrirse en luz y los pájaros buscaban sus niditos tímidamente.

Por fin se respiraba paz en la cuadra.

Amanda se relajó y regresó a su casa.

Victoria descalza la recibió en la puerta.

-¿Que hace mi niña aquí levantada? – la abrazó con fuerza.

-Hola mami, tengo hambre, ¿me preparas desayuno? -

Y de pronto se encendieron las luces y la pantalla del televisor se iluminó.

Según las noticias, Irene, lastimosamente, se había llevado el alma de más de cincuenta personas y dejado una secuela de aproximadamente, siete billones de dólares en daños por los diferentes estados del país.

Las imágenes que rodaban en la pantalla del televisor, eran tristes y amargas.

Amanda abrazó a sus hijitas y dio gracias a Dios por haberlas protegido.

Por fin, la pesadilla del huracán Irene, había culminado.

El sol comenzaba a colarse por entre las pálidas nubes de Simpson Village, Amanda preparaba chocolate caliente para sus niñas, mientras encendía un incienso de Bombay.

Eros matutino

6.05 am - Parpadeaba en rojo el despertador, avisándole que un nuevo día comenzaba y la recibía amablemente, a esta vida de flagrante humanidad.

Amanda miró el vaso de reojo; aún estaba lleno.

-No he tomado un sólo sorbo de agua en toda la noche...

Aun teniendo suficiente sed.

¿Por qué será? –

Lo pensaba tantas veces en el día: voy a tomar agua...voy a tomar agua...

Dulce Sincronía

Sin embargo, en ese preciso instante, se generaba un cortocircuito interior, en el cual el pensamiento conductivo hacia la acción, se bloqueaba, y no le permitía alcanzar aquel vaso.

Se dio vuelta, abrazó la almohada más pequeña, se sentía suave y mullida.

Suspiró.

Estiró sus brazos por debajo de las almohadas más grandes y palpó el frescor del espacio de la cama que permanecía sin habitar.

Se advertía placentero un poco de fresco, sólo un poco, ya que la tibieza del resto de la cama, la abrazaba haciéndola sentir como un bebé en el vientre de su madre; calentita, arrolladita, segura y en paz.

Miró de reojo una vez más el reloj,

-no vaya a ser que ahora tan cómodamente acomodada, me quede dormida!- se preocupó.

Le picaba la espalda.

Estiró su mano y se rascó suavemente;

-qué bueno sería que estuviera él para abrazarme en este momento; seguro él me rascaría como a mí me gusta...cavilaba.

Pero Ramiro no está, y su lugar en la cama está helado y aún sin desmantelar.

Ahora Amanda, pudiendo utilizar todo el espacio de la cama, a sus anchas, no lo hace; el mismo permanece inviolable como un espacio sagrado.

Como el altar de un templo, al cual nos acercamos con profunda devoción, pero no nos atrevemos a tocar.

Amanda, piensa en Ramiro, en sus suaves manos acariciando sus cabellos, su mirada cálida y serena observándola mientras ella se despereza plácidamente.

Le genera fantasía pensar en el perfume de su piel; las sábanas aún conservan nítidamente ese olor tan particular y familiar que la hacen recordar cada vibración, en rítmica remembranza.

Respira, se zambulle entre las almohadas queriendo rescatar esa fragancia personal que la embriague y la sumerja en ese recuerdo más vívidamente.

Piensa en sus carnosos labios y el calor de su lengua y traga saliva al recordar su dulzura.

Saborea en sus labios el sabor de su piel.

Vuelve a suspirar, ahora extasiada en ese nítido recuerdo.

Escurre su mano por debajo de las sábanas y se detiene entre los vellos de su pubis; duda por un instante, si acaso seguir esa travesía, o no.

La zona esta húmeda como una selva tropical al amanecer.

Dulce Sincronía

Sus dedos se deslizan más abajo; donde todo es suave y conocido.

Ahora sabe que ese viaje es inevitable;

-tal vez me sirva para aflojar las tensiones que han quedado sin descargar-. Murmura tímidamente.

Se acomoda boca abajo, ahora con su rostro

entre las almohadas; flexiona apenas las piernas e introduce su otra mano en busca de esa tentación tan suave y calada.

Se imagina que está recostada encima de él, sobre su frondoso pecho y deja escurrir su lengua por entre las colchas; sus manos hacen presión ahora entre los labios de su pubis.

Siente el calor de su respiración entre las sábanas que la abrazan con frenesí.

El olor a su transpiración, la embriaga.

Su ombligo se contrae y sus piernas se arremolinan como una serpiente dispuesta a dar el salto mortal.

Siente los latidos de su corazón acelerándose más y más.

Sus dedos están mojados ahora y muerde la sábana para contener ese grito interior que evidencia el final de una conquista.

Se da media vuelta, la imagen de su cuerpo y el olor de su piel, se evaporan instantáneamente de su imaginación.

Mira el reloj nuevamente, en busca de una excusa que la ayude a salir de la botella de Genie y de ese estado lujurioso que la distrae en aquel amanecer erótico de memorias apasionadas.

6.18 am. Mira el techo. Refleja:

- puedo quedarme un rato más aquí, disfrutando mi fantasía -.

Se da vuelta, cierra sus ojos y vuelve a sumergirse en la película de ese día.

Ahora ve delante de sí, el rostro de Ramiro observándola nuevamente. Siente sus suaves manos jugando con los pezones de sus pechos; los toca suavemente; se endurecen al tacto y lanza un suave gemido que la relaja completamente.

La eleva y libera como una burbuja de champagne. Sopla.

Mira el techo. Respira.

Se acomoda una vez más, ahora con el dedo pulgar de su mano derecha dentro de su boca; se imagina que es su piel la que roza sus labios generosos.

Se imagina como él la observa, en complicidad, con una sonrisa tímida y expectante.

El disfruta ese momento, sus ojos brillan de placer y de asombro.

Hay chispitas encendidas en su mirada.

Dulce Sincronía

Pasa sus manos por entre sus cabellos; hace un poco de presión en su cabeza, estirándolos, haciéndole saber que él también quiere conquistar esa geografía.

Siente sus músculos contraídos y ella lo abraza por detrás.

Sus nalgas están firmes y suaves.

Le gustan mucho. Las acaricia tiernamente.

El sabor en sus labios es más intenso ahora.

Respira hondo, profundo.

Suspira lentamente.

Abre sus ojos.

Siente sed.

Mira el vaso, que aún sigue lleno.

Ahora sí es su oportunidad para tomárselo.

Ya no hay excusas.

Ahí está para calmar su fuego y su sed.

Se sienta al borde de la cama, estira sus piernas; levanta sus manos.

Observa la luz atravesando las ventanas.

Todo está quieto en su lugar.

No se ha volado nada.

Salvo la imaginación de su cabeza, que la ha transportado a otros espacios donde el movimiento es la pasión desencadenada del recuerdo.

Se levanta ya de una vez.

-Buenos días Padre Sol, buenos días Madre Tierra -Levántate niña!-

El Buda colgado en la pared, le sonríe y le da la bienvenida en este nuevo amanecer sin tormentas bravas.

6:30 am - Una ducha fresca y aromática será Le Grand Finale de su travesía apasionada.

Axe Dragon Mud, activa sus cilios y neutraliza sus hormonas levemente excitadas.

Respira hondo. Inhala, y exhala.

Pfsss.

Sus sentidos se despiertan completamente ahora.

Madonna backstage, la estimula a comenzar este día: 'prepárate para saltar'...la acompasa.

Desde la ventana, observa el paisaje plomizo y ahora inmóvil.

Todo, salvo su vaso de agua, parece estar en un mismo lugar.

A lo lejos, las luces rojas del cartel de Burger King flashean resaltando el paisaje casi inerte.

Dulce Sincronía

Suena el teléfono.

Sabe que es él quien la llama, pues tiene su melodía especial: "Hipnotizado" de Simple Minds.

-Hola, buenos días Mandy, ¿qué haces?- su voz se siente en tono bajo, apenas perceptible al oído, como si no quisiera despertarla completamente.

-Hola, recién salgo de la ducha, estaba pensando en ti esta mañana.-

-Yo también – bosteza.

Casi no entiende lo que le dice porque sigue hablando al bostezar.

Amanda no lo interrumpe, mientras piensa: ¿Será que mi voz lo relaja? ¿Lo aburre? ¿Lo estresa?...

-¿Estás cansado?-

-No, sólo que hace frío ahora, la temperatura ha bajado bastante desde ayer.-

Por un momento, ella piensa en contarle su aventura excelsa matutina y hacerlo partícipe de su fantasía temprana.

Lo intenta:

-¿Pensabas en mí esta mañana?-

-Siempre pienso en ti,... ¿por qué será?...analiza en voz alta, como sugiriéndole sutilmente la respuesta.

-Te sentía muy cerca de mí, como si estuvieras aquí...- Ella lo convoca a su viaje; más él no se sube a ese tren.

Tal vez porque presume que es un tren bala, sin escalas al éxtasis, y no tiene suficiente tiempo ahora para abordarlo.

-Ya llego Mandy, ten paciencia, sólo unos días más y estoy ahí. - Si puedo te llamo luego, pero aquí casi no hay recepción, bah, no hay nada!-

-Bueno, cuídate mucho, y dale cariño a las niñas, besos-

-I love you.-

-I love you more.-

El regreso

Faltaban escasas horas para que por fin, Ramiro regresara a su hogar.

Tal vez por eso, Amanda se sentía excitada y expectante.

Habían pasado varios meses desde su partida y no había sido fácil atravesar su ausencia, en medio de la soledad y los imprevistos vientos huracanados.

Sentía su corazón palpitante salir del exilio que la había tenido prisionera dentro de una larga pausa a la espera dorada de su marido.

Ahora podía avizorar su camino con luz verde y viento a favor, vislumbrando un nuevo amanecer en este otoñal presente, que la abrazaba con sus brazos de robles fecundos y fuertes.

La espera había sido larga, pero hoy más que nunca, Amanda, sabía confiar en su destino, que se renovaba en una nueva fase, como la luna que enamorada del sol, crece hasta estar llena, para luego menguar en otra luna nueva, repitiendo incesantemente sus ciclos fértiles.

Algunas partes de nuestras vidas se iluminan por un tiempo, mientras otras se oscurecen y congelan; pero todo gira y da vueltas dentro de un orden cósmico que equilibra y neutraliza nuestras almas viajeras, en este destino causal y heterodoxo.

A lo largo de estos últimos diez años, Amanda había atravesado grandes pruebas que la consagraban como un valiente gladiador romano.

Mariposas multicolores cosquilleaban en su ombligo con la expectativa de aquel reencuentro.

Su trofeo más meritorio resplandecía, casualmente, en la mirada de su esposo Ramiro, que embelesado con su nobleza, regresaba para amarla y abrazarla para siempre.

Los motores del pesado DC10 se apagaban.

Por las escalinatas, asomaban victoriosos los birretes rojos de los soldados.

Amanda y las niñas, junto a muchas otras mujeres, emocionadas, sacudían banderitas al viento, mientras la banda tocaba el ceremonial toque de bienvenida.

Sus corazones se aceleraban triunfantes de alegría y papá Ramiro, por fin regresaba a casa.

Fin

Claudia Zamora es argentina, radicada en EEUU, escritora de nuevas alternativas educativas y creadora de dinámicas para el desarrollo humano. Actualmente vive junto a su esposo y sus hijos en Carolina del Norte.

Otras Obras de la Autora: Asterina: Maestría, Oráculo Abierto, El Ideal de lo Posible.

Visita su página web

www.claudiazamora.net